远方自由，近处从容

石兵 著

文化发展出版社
Cultural Development Press

图书在版编目(CIP)数据

远方自由，近处从容 / 石兵著．—北京：文化发展出版社，2018.11
ISBN 978-7-5142-2463-4

Ⅰ.①远… Ⅱ.①石… Ⅲ.①散文集—中国—当代 Ⅳ.①I267

中国版本图书馆CIP数据核字（2018）第249966号

远方自由，近处从容

石兵 著

出 版 人	武　赫		
主　　编	凌　翔		
策划编辑	肖贵平		
责任编辑	孙　烨	责任校对	岳智勇
责任印刷	杨　骏	责任设计	侯　铮

出版发行	文化发展出版社（北京市翠微路2号 邮编：100036）
网　　址	www.wenhuafazhan.com
经　　销	各地新华书店
印　　刷	三河市华东印刷有限公司
开　　本	787mm×1092mm　1/16
字　　数	190千字
印　　张	.13
印　　次	2019年1月第1版　2019年1月第1次印刷
定　　价	49.80元
ISBN	978-7-5142-2463-4

如发现任何质量问题请与我社发行部联系。发行部电话：010-88275710

目　录

第一辑　与静为邻

煮一炉雪　002
光阴的小城　004
心存清澈　006
月光慢　008
守候之美　010
与静为邻　012
生活的进口和出口　014
简单生活　016
素心如简亦如雪　018
旧书签与慢时光　020
海蓝色的秋天　022

陪伴一颗夜晚的星　024
时光深处的冬天　026
守望与怀想　028
行简单事　做简单人　030
遇见与想到　032
月光与酒　034
一人一江湖　036
内心的灯盏　038

第二辑　与爱相伴而生

多言与寡言　042

风会告诉你　044

花开，不谢　046

一肩月光　048

朋友如水亦如火　050

青春是一首诗　052

清寂之山与潋滟之水　054

神圣的时刻　056

拾穗男孩与荷锄少女　058

岁月深藏的四张脸庞　060

温柔与温暖　063

乡愁是思念的骨　065

一个人的红尘游　067

与爱相伴而生　069

世间最美的词语是原谅　071

找到属于自己的生活　073

钟爱细节的人　075

蔚蓝色的镜子　077

静气就是福气　079

第三辑　远方自由　近处从容

"合拍"的人　082
"别人"是什么人　084
阳光藏在乌云背后　086
冬天的窗　088
那个烦人的凡人　090
高低与快慢　092
好久不见与久见不好　094
慌与荒　096
纠结与纠缠　098
客从何处来　100
你的苦也许会成为他人的甜　102

你的生活被什么填满　104
收藏一座车站　106
素简之冬　108
盈缺之美　110
远方自由　近处从容　112
珍爱时光中的孤寂　114
知足之后方知不足　117
窗内日月悠悠长　119
秋天的雁阵在天空书写着一个字　121

第四辑　越变越小的理想

把生活酿成一杯酒　124
冬日读书意融融　126
耳心的大海　128
孤独是一味良药　130
生命需要一束光　132
每个人都是扎根大地的风　134
莫钻死胡同　137
你我都是他人的环境　139
情怀与格局　141
身体中的矮子　143
收留伤痕　145

夏日读书心清凉　147
馅饼与陷阱　149
一念成痴不可取　151
与心灵交谈　153
越变越小的理想　155
在角落中做回自己　157
青春的旧模样　159
微小的幸福　161

第五辑　在心中留白

笨拙的时光　164
得意失意一念间　166
方与圆的哲学　168
富者清贫与清贫者富　170
高估才是低配的根源　172
个性与任性　174
坚冰深处春水生　176
简单不简单　178
泪中有盐　180
冷眼旁观的人最孤单　182
起步就是结果　184

生活与心灵的私语　186
幽幽书香可入梦　188
所有风都要穿越旷野　190
一条鱼儿眼中的天空　192
温暖是寒冬的行李　195
眼中针心里刺　197
在心中留白　199

第一辑　与静为邻

　　与静为邻，那扇隔绝彼此的门是透明而无形的，只需敞开心扉，那些芜杂斑驳的藩篱便会迎风而倒，只需接纳一份静谧，那些悠远与深邃的事物便会纷至沓来，带给一个人久违不见的感动与思触，驰念与期许。

煮一炉雪

冬天来了便有雪，雪积深处便常有芬芳暗涌，只是，这芬芳虽沁人却不易捕捉，虽隽永却难于发现，唯有等待某个流光溢彩的清晨或是黄昏，寻觅一处人烟稀少之地，收集一炉淡如素笺的白雪，以慢火轻煮，方能氤氲出一缕不绝的芬芳，其实，这便是那些清浅却又沉甸甸的旧日时光，也是那些朦胧却又令人向往的美好未来。

煮一炉雪，便融化了世间的纯粹与斑驳。看着满目的洁白渐渐变得晶莹剔透，看着静静的澄澈缓缓蒸腾为一朵小小的云，这个世界所有的寒冷此刻都已与己无关，取而代之的是一朵摇曳于心的暖色火苗，它静寂无声，却又填满了所有侧耳倾听的心灵。

煮一炉雪，便洞悉了红尘的芜杂与纷繁。原来，凡俗种种皆是有因有果的循环，如同一粒雪本是一滴露珠，一滴露珠本是天空飘浮的一朵云，一朵云本是大地上一座静谧的湖，一尾鱼荡起涟漪，一滴湖水便攀上草丛悬于草尖成了露珠，阳光温暖，露珠不愿落入大地，便蒸腾为云飘上天空，冷风一吹便成了一粒洁白的雪，这一粒雪，便是纠缠纠结却又风烟俱净的人间。

　　煮一炉雪，便遗忘了所有的语言与时间。语言无法涵盖一炉雪的洁白与辽阔，时间无法验证一炉雪的恒久与坚定，炉中燃烧的雪生于寒冷却长于温暖，火焰炙烤只会沸腾它被冰封已久的心，不论是一粒雪，一滴水，还是一朵云，它都可以不拘于形式，都可以尽情挥洒这弱小却永恒的生命。

　　若你生命中有寒冬，若你生命中也曾见证过一场大雪纷纷扬扬，那么，也请你抽出半晌时光，煮一炉属于自己的雪吧，因为，炉中有你追求不得的事物，有你遗失难寻的美好，有盈满你胸中疑问的答案，也有驱散你心头阴霾的阳光。

光阴的小城

每个人心里，都有一座光阴的小城。

城墙是咖啡色的，有青色雨丝沿着缝隙流淌不停，汇成无数道清澈的小溪，它们自天而降，沉入大地后便蒸腾为云，升上天空后又凝结为雨，一遍遍冲刷着古旧的墙体，周而复始没有一刻停歇。

小城有四扇门，分东南西北，隔春夏秋冬，推门而入，光影便随心情变幻，快乐时桃李春风，忧伤时秋雨萧萧，浮躁时夏蝉聒噪，沉思时冬夜寂寂，每一个时刻都真实而具体，刻画着光阴消长，述说着飞短流长。

门内有小院，院内有井，井深幽幽，潭水碧澄，干渴时取一瓢饮，便如醍醐灌顶，通体明澈，闲暇时井旁孤坐，便可闻梵音流韵，心神俱醉。

院内青石铺路，有九十九级台阶，遥指一座绿檐竹屋，台阶上青苔不生，拐角处尘土不染，拾级而上，便有清风盈怀，举目观望，总有月光倾城。

竹屋清洁，室内摆设简单，有一桌一椅，桌上有酒壶酒杯各一，轻摇酒壶，便有醇香四溢，倒于琥珀杯中，凝目观之，影绰意动，浮白载笔，一觞一咏，人生境界便已呼之欲出。

出竹屋，下台阶，向西而行，可见一山，如刀削斧凿，雄美峻奇，山无路，只有一道溪水淙淙自山顶流下，便循水而上，一路上险峰林立荆棘丛生，披荆斩棘之余，便常感自身弱小，渐渐意生踌躇，进而心生退意，偶然回头，却发现来路早已湮没无踪了。

静下心来休憩片刻，耳畔传来溪水叮咚，凝视溪水良久，竟讶然发现，溪水温柔，却能在静默中征服险峰，可在征途里滋养花草，让这荒凉山峰生机勃勃一派葱茏，顿悟之下，心中便有了参照，上山的脚步便也变得轻盈起来。

及至千辛万苦攀至峰顶，再举目四望，这光阴之城便已尽收眼底，只见小城四季分明，春夏秋冬分守四隅，白昼夜晚交相辉映，阳光交织月光，月光抱拥星光，时光的神奇一览无余，细细凝视，便依稀能够看到幼童时的懵懂，少年时的憧憬，青春时的困惑，中年时的奔波，及至垂老时的顿悟。于是，长长短短的人生便被圈入了这小小的一座城。

远远观之，这四四方方的光阴小城，恰似工工整整的一本书，记述着苦辣酸甜，充盈着辉煌平淡，而千千万万的光阴小城鳞次栉比，便构成了这世间喜怒哀乐的林林总总，谱写出了一段段关于爱与希望的不朽传奇。

心存清澈

清澈是溪间雪，是情人眸，是春生万物，是秋收百谷，是清晨露珠，是夏夜虫鸣，是一个孩子眼中的瓦蓝天空，是一位老人心头的红尘顿悟。

清澈的世界，人心也澄明，所有的缺失都呈现一种素美，无边的宁静会诞生一抹微风，熏熏然穿过尘世，催岁月淘洗无数沙粒，留下一段段传奇，再借一支素手，书写一纸雅洁的信笺，寄往某个未知的过往，指引所有迷路灵魂的方向。

秉持爱者，必然身心清澈，如百岁长者杨绛，送爱人归去，睹爱女早逝，遭逢人间大悲之事，却能蕴悲痛于静谧，化舍为得，淡看去留，凡此种种，皆因心中有爱，由此，便不难理解爱人钱钟书为杨绛所作诗句，"缬眼容光忆见初，蔷薇新瓣浸醍醐。不知醯洗儿时面，曾取红花和雪无。"字字句句，清澈通透，宛若其人。

杨绛先生之清澈，源于知理明道，术精业深，而你我凡人，达不到先生学识，却也不必妄自菲薄，因为清澈一事，其实人人可得。我曾见一位中年妇女，经营一家小小豆腐摊，每天清晨推车出门，到达摊位后，摆好物品，便自顾自舞动身躯，跳起心爱的广场舞，妇女很快沉醉其中，与四周匆匆上班的行人形成了鲜明对照。

　　唐寅有诗云，车尘马足贵者趣，酒盏花枝贫者缘。这位中年妇女虽非贫者，却也是小本经营冷暖自知，可她那随心所欲的广场舞，却仿佛是在告诉那些匆匆行人"你得驱驰我得闲"，而她的快乐清澈而自在，相比那些精于算计却疲于奔命的富者，确实是"一在平地一在天"了。

　　杨绛先生与妇女摊贩看似天壤之别，却又殊途同归，其中关键，便在于两人的简单随心，由此可见，其实清澈便是简单，不事雕琢，无须粉饰，自然而然，对于一个追求爱与自由的人来说，已经足矣。

月光慢

浅浅清秋，总有一缕月光徐徐缓缓，攀上窗棂、屋檐、台阶，攀上青草、露珠、小路，将悄无声息的静谧涂抹在了这个刚刚送走酷暑尚余一丝疲惫的世界。

告别了喧嚣，世界仿佛只余下了一缕月光，月光静默，却似已容纳了万语千言，月光皎洁，竟似已消融了色彩缤纷，它慢慢地走过一个人紧皱的眉头，慢慢地走过一条街臃肿的腰背，慢慢地走过被无边黑暗笼罩的夜晚，将一丝清秋的凉意留下，将一片初秋的落叶带走，风吹月光，竟似吹皱了夜晚这座巨大的湖泊，让每一个熟睡之人的梦境中荡起浅浅涟漪，溢出点点星光。

星光是调皮孩子的眨眼，月光则是深情恋人的凝望，一个孩子从星光中找到伙伴，一位青年则从月光中生发理想与憧憬，清秋的夜晚，星光还略显暧昧，月光却已日渐清晰，它的声音仿佛也从远方的某处依稀传来。

月光说，你的沉默就是我的诉说，我的心跳便是你的梦。

或许，月光是世间唯一一件能从现实携入梦境的事物，它在现实与梦境之间从容切换，没有一丝一毫的改变，或许，它本来就是属于梦境，也或许，它本身便是一个梦。

多少次夏去秋来，多少次日落月升，再多的语言也无法尽述一抹月光流苏，再多的色彩也无法填充一缕晖素月华。此时相望不相闻，愿逐月华流照君，古人的诗句中深藏着关于一缕漫漫月光的思辨，也饱含着对于一抹浅浅月光的深情。

在我们生活的这个世界上，能有多少清秋月光漫漫却久远地存在着？或许，只有经历过无数个寒暑更替的人才会发出这样的疑问，因为，少年时的月光再次清晰地出现，或许已是漂泊初定后的不惑之年了。

清秋月光慢，幽夜梦境甜，当月光伴随着音乐，伴随着文字，伴随着一种只可意会无须言传的高古情怀悄然出现，或许，人世间的一切真实与美好才会缓缓浮现。

清秋已至，幸福就要丰收了，你要准备好锋利的镰刀，耐心地等待月光。因为，入夜之后，这简简单单的月光才会慢慢地出现，并为每一位认真生活的人缓缓打开一扇触摸幸福的窗。

守候之美

　　人生需要守候，守候情感，守候理想，守候星空，守候风雨，拥有一颗守候的心，人生会变得简单而幸福。

　　守候是一种习惯，怀着平和的心境，存着美好的憧憬，迈着坚定的步伐，在守候中播种、耕耘、收获，在守候中忐忑、喜悦、牵挂。因为守候，一切挫折都可以坦然面对，所有困境都可以轻易摆脱，用品一盏茶的优雅守候，氤氲的香会弥漫心底，用赏一场雪的诗情守候，素洁的白会抚平伤痕。

　　守候也是一种品质，可以抵御成败的诱引，能够明辨是非的侵袭，它构建着隐秘处灵魂安居的城堡，彰显着每个人内心深处的光辉。以守候为背景的生活是幸福的，它简单，朴素，真实，却又坚定，勇敢，充实，它有着幸福所需的所有品质，因为，它的目的地只有一个字——爱。

　　人生一世，如同单程旅行，频频回首，却又无法返程，常常留下遗憾，若以一颗守候的心来旅行，便如握着一支生花妙笔，一路记下美好，身心在不知觉间便可融入风景，坐看天上云卷云舒，听任庭前花开花落，收集过往，感恩当下，眺望未来，于人生的每个时段守候一份独有的幸福滋味，孩子守候一件心爱的玩具，少年守候一本心仪的书籍，青年守候一个知心的人儿，成年人守候一个温暖的家，老年人守候一个白发相知的他或她，简简单单的守候，不温不火，不徐不疾，却蕴含着巨大的力量，百折不回，万难不易。

　　人生若是一道奔腾的河流，守候便是一座厚实的河床，承载着所有的重量，固守着生命的方向，默默无言，却吟唱出动人的旋律，朴实无华，却散发着沁人的芬芳。

与静为邻

周末闲暇无事，喜欢一个人坐在窗前发呆，看窗外流动的事物、熟悉的街道、陌生的人。窗外风景四时不谢，只是，唯有当一个人抽身其外之时，才能从这经久不息的流动中嗅到了一丝宁静的味道。

窗台上摆着一株葱郁的植物，叶片上爬满了阳光般的斑点，根系处总是潮湿温润，细细嗅闻，有一股依稀的芬芳，偶尔地，我会听到它脚下泥土松动的声音，那是一种极其细微的噼啪声，仿佛一枚小小的爆竹绽放在泥土深处，传出来的声音耳朵听不见，只会共鸣于有着共同韵律的心灵。

风会不时而来，看不见摸不到，但它就是静悄悄地存在着，生于虚无，却从此再无消歇，流动在每一处波澜不惊的景物之中，风来了，一颗心才能成为风景，风来了，一段时光才能被涂抹上光彩。

母亲的电话也会适时响起，提醒我周末到了回家吃饭的时间，尽管知道她不会见到我的样子，我还是极其认真地点了点头。或许，这是手机中传递而来的绝无仅有的宁静与祥和吧，让我不至于听到手机响起便会心头躁乱。

　　想取一本书阅读，在书架上翻阅良久，却没有一本心仪的，失望之余，突然想起街角处那位退休老人摆下的旧书摊，心中暗下决定，从母亲家吃完晚饭，一定要到书摊上与老人说上几句话，再逐字逐句地阅读一本书，至于时间，就一直待到星光漫天月色袭人吧，或许，只有披着一身的月光读一本书，才是真正地与静为邻居书为室吧。

　　与静为邻，就连这位邻居敲门而入的声响都是优雅而温婉的，它透过一个人的视线直抵心灵，穿越一个人的耳际直达灵魂。

　　与静为邻，那扇隔绝彼此的门是透明而无形的，只需敲开心扉，那些芜杂斑驳的藩篱便会迎风而倒，只需接纳一份静谧，那些悠远与深邃的事物便会纷至沓来，带给一个人久违不见的感动与思触，驰念与期许。

生活的进口和出口

在这个世界上生活，所有人都走在同样的时光里，却不一定都能过上自己想要的生活，因为，进入生活与出离生活是需要一点智慧的。

生活的进口总是源于物质，为了谋得一份差事，为了赚取三天口粮，只是，这种生活的进口未免过于现实甚至有些冷硬。

其实，进口大可不必搞得如此令人沮丧，在进口处最好还是装饰上某些温柔与温暖的事物，譬如奋力打拼的背后那一双双关心关切的眼睛，譬如起于微时之前那份堪比天高的理想，譬如未知的未来深藏着的美好希冀与憧憬。如此一来，进入生活的人才不必感到沉重而无趣。

生活未必无趣，但无趣必然占据生活的一部分，一成不变的生活无趣吗？跌宕起伏的生活有趣吗？有趣与否，在于心是否累，在于心是否厌倦，在于是否想找到一个改变生活节奏的出口。

与进口不同，生活的出口往往不止一个，它们或隐于颓败之后的心灰意冷，或藏于喧嚣过后的大彻大悟，或藏于蜕变之前的伤痕累累，或藏于快乐过后的空虚无奈，你选择从哪一个出口走出，便会拥有不一样的人生。

　　生活的进口与出口往往也有着千丝万缕的关联，进口虽然只有一个，但有的人感到未知的茫然与恐慌，有的人看到希望的光芒与色彩，有的人一意孤行绝不回头，有的人亦步亦趋茫然懵懂，有的人只顾走好自己脚下的路，有的人则会不时停下看一看风景与方向。

　　进口与出口之间，拥挤着那些各不相同的人生，有的人错过了就是一生，有的人一生都在不停地错过，有的人依偎着唇齿相依，有的人排斥着泾渭分明，所有的人都在或疾或缓地走着，从同一个进口走向无数个出口。

　　岁月静好，岁月喧嚣，生活也便有了不同的温度与方向，进口处的那些温柔与温暖会化作明亮与轩敞，进口处的那些坚硬与寒冷会化作促狭与逼仄，它们都会在出口处等着各自匹配的人生。

　　你想过怎样的生活，便需选择怎样的进口与出口，进口处感受生活的光与热，出口处回味生活的甘与苦，但总需保有一颗平静知足的心，如此一来，你的生活才不致乱了方寸迷失了方向。

　　如此一来，你才能过上自己想要的生活。

简单生活

清晨，和太阳一同起床，与它一起慢慢热身，不放过天边的每一朵云，为它们披上一道五彩霞衣，不遗忘草尖的每一颗露珠，为它们镶嵌上明亮的眼睛，做一碗热乎乎的汤饭，招呼家人围坐桌前，用十几分钟吃完一天中最美的一顿饭，简短道别后，上学的上学，上班的上班，如同天空的太阳，让生活渐渐炙热起来。

上午，工作起来总是精神奕奕，即便不喝一杯水也直到中午才感觉到渴，脑子非常冷静，手脚非常灵活，用上司的话说，上午是最"出活儿"的时间，大家加油干，中午吃大餐。其实，上午也是时间最顺溜的阶段，因为，上午总是感觉过得非常快，忙忙碌碌中，一眨眼的工夫，一上午就过去了。

中午，午饭丰盛，饭前感觉饿，饭后却犯了困，慵懒地躺在床上，似睡非睡赛过神仙，午间时光慢慢悠悠，可掐指一算，其实中午却只有短短的时光，它与清晨和黄昏类似，虽然美好却异常短暂，只是中午却因为缺少了绝美的风景映衬而变得存在感极浅。

下午，开始感觉到工作的单调与枯燥，开始感受到生活的压力与无奈，也许是仍然深陷在午间的舒缓之中，与工作的节奏总有些不合拍，勉力为之，效率降低，虽不至于浑浑噩噩，还是感觉精神不振，当然，该做的事情还是必须要做好，下课铃声未响，仍需努力学习，工作没有忙完，心中总有牵绊。

　　黄昏，与夕阳一同归来，将染红晚霞的光悄悄收回，如同关闭一柄暖色的伞，让星辰接管黑夜吧，一个凡人只要徐徐踱步返家，慢慢悠悠吃一顿晚餐，自自在在享受一份庸俗的快乐，便已足矣，或许，只有在望着天边残阳慢慢消隐光芒，心中才会不自觉地涌动一丝惆怅。

　　夜晚，与月光一同吟唱一首无字歌，在洒满星光的路上端详自己陌生的影子，回到家与爱人聊聊这平凡的一天，心里想，梦里的自己或许会过得更加浪漫与传奇一些。

　　时间，就样悄悄过去了，一天一天，简简单单，看似无知无聊，实则有情有趣，如此活着，其实真的挺好。

素心如简亦如雪

　　冬日周末，虽然天气晴好，但冬日的寒冷依然浓重，绕过长街，来到一家书店里面，看那些读书的人，突然之间，一颗心便静了下来。

　　书店里设置了许多淡黄色的座椅，所有椅子上都坐满了人，还有许多人就站在书架旁，捧着一本书，四处走动的人非常少，站在书架旁寻找书的人小心翼翼，所有的人都不说话，但一切就很美好。

　　书海里呼吸的人，有着一颗素心如简。来到书店，不仅是在寻找一本书，更是在寻找一颗心，期许着能在寻寻觅觅间，能让一颗存有功利的心变得简约起来。

　　走出书店，天空竟然飘起了雪，没有一点风吹过，雪便循着雨的路线落了下来，没有随风飘荡的零乱，只有挥挥洒洒的浪漫，屋檐上，台阶上，黑黑的头发上，苍黄的大地上，悠然而落的雪聚集在一起，似乎也因为这季节的寒冷而簇拥取暖，质本清寒，却仍拥有一颗寻求温暖的心，这是雪，也是人吧。

　　大街上，多了些清冷的人，走在雪花纷飞里，步履不疾不徐，静得仿佛能听到彼此的心跳声，雪落无声，人行静默，一切都在流动着，一切却又仿佛都静止了下来。

飞雪中行走的人，素心如简亦如雪。或许，他们正是因为一场雪才选择了走出室外，也或许，他们是因为一场雪才走入了自己蒙尘已久但仍渴望洁白的心灵深处。

走出书店，走出雪，走入小小的蜗室，天已渐暗，燃起一灯如豆，温暖而微弱的光，摇曳着执着而坚定的光，心中恍然明悟，原来生命的至深处，一定便是如简如雪的单一与素洁。

生命停停走走，心灵忽明忽暗，一定都是为了某种憧憬与向往，或许，爱与自由不能涵盖所有，或许，责任与理想不能左右方向，那么，一颗素心如简亦如雪，一定可以将所有的美好尽收眼底。

人生，也会因为一颗如简亦如雪的素心而变得饱满起来。

旧书签与慢时光

翻开一本旧书，发现里面夹着一张旧书签，书签上还有一行蝇头小楷，上面写着两句诗"此时相望不相闻，愿逐月华流照君"。书签已经泛黄，显然已是经年的旧物了，只是这行娟秀的小楷让我搜肚刮肠浮想联翩，却也再想不起到底是出于何人的手笔了。

书签已是陈年旧物，读书的时光竟也宛若前生一般遥远了。在安静的午后，捧一本书静静观赏，这是一种多么稀有的奢侈，在日渐浮躁的年代里，急功近利让我们变得目光短浅，几乎是不假思索便与那些缓慢而美好的事物挥手作别了。记不清有多久了，我们没有认真地读一本书，没有细细地品一壶茶，没有完整地听完一首轻音乐，没有陪父母好好地说上一回话。

如果时光也成为一种廉价的物品，那么，被时光包裹的人生也必然会大幅贬值。

有一首诗说，走得太快的人，往往会走到自己的前面去。这是一种多么可怕的景象，如果人远离了自己，那么，方向就会变得无关紧要，因为不论向前或是向后，都是错误。对于一个人而言，喜新厌旧代表着他的浮躁，而一成不变则昭示着他的呆板守旧，在这个对于新旧事物态度不一的年代，褒贬不一也成了一种常态，但是，孰是孰非谁对谁错又有什么重要呢？一个人最终要遵从的还是自己的心灵。

  多变的心灵就像一粒种子，总要经历小心翼翼的萌发，要经历跌跌撞撞的成长，要经历不顾一切的绽放，要经历水到渠成的瓜熟蒂落，或许只有回首往事的时刻，那些慢时光才会烙印于一张遗失在记忆深处的旧书签上，轻轻擦拭，便能熠熠生辉，让那些所谓的辉煌与成功变得黯然失色。

  原来，人生终于是要慢下来的，当身体渐渐失去了活力，心灵也终于开始了另一个绽放的过程，没有色彩斑斓，没有芳香满溢，没有喝彩与掌声，也没有是非与对错，它就是属于一个人孤独而丰富的旅程，用一支旧书签记录回忆的冷与暖，用一些慢时光濡染生命的简与繁，感性而内敛，静谧而从容，已经足矣。

海蓝色的秋天

秋天不仅有金黄色的收获，还有海蓝色的包容。

秋天是个容纳心灵的季节，没有哪一个季节如秋天一般高远却不显冷峻，博大而不失温柔，秋天想必是最适合写意人生的季节了吧，可以将一切浮躁与不安弃如敝履，可以从容面对一切未来与过往。

秋风清爽，秋实饱满，秋日疏淡，秋夜静谧，沐浴在秋的怀抱中，一切仿佛停留在了美好之中，时光变慢变浅，变成了一粒小小的种子，不同的生命渐行渐近，成为彼此相依的骨血亲人。

缓慢地行走在海蓝色的秋天，不知不觉间，便爱上了眼中盈满的无限辽阔，爱上了脚下沾染的泥土芬芳，爱上了一切真实存在和止于想象中的事物。

在海蓝色的秋天，不必急于表达内心的热忱，因为，一片片安静的缄默已足以让所有的心灵都生根发芽，开出一朵叫作感恩的花，结出一颗叫作爱的果实。是的，世间所有幸福，几乎都不是生于喧嚣之中，因为，那些所谓收获早已在浮华掠影中冲淡了内心的喜悦，唯有一种博大的沉默，才能将真实的幸福沉淀，结晶成一块无惧岁月冲刷的圆润琥珀。

秋天沉淀了一切，将一切化作了一片海蓝色的深邃与包容，每一天与拔节的天空对视，每一夜与清亮的星空低语，生命也化作一片海蓝色的光，柔和温暖，恬静深远。

若你手中有相机，请拍下秋天随处可见的美丽吧，若你手中有画笔，请涂鸦这秋天难以描摹的幸福吧，这是个一旦错过必将充满遗憾的季节。

珍爱每一个海蓝色的秋天吧，它在四季轮回之中如约而至却又将悄然离去，若是错过了，便要等过漫长的冬、稚嫩的春、聒噪的夏，才能再次目睹它的壮美了。

陪伴一颗夜晚的星

如果大地有眼睛,那么,它瞩目与凝视的一定是一颗夜晚的星。

夜晚来临时,深邃的蓝色天幕缓缓闭合,遗漏下的,就是几颗小小的星辰,如同一粒粒隐藏着秘密的纽扣,只有温柔的眼波才能打开它,释放出一缕缕沁人心脾的芬芳。

星空如诗如画,静谧地隐藏着数不尽的甜蜜,属于孩子,也属于每一双憧憬的眼睛。

或许,就在今夜,也或许,是在多年前或多年后的某个夜晚,世上所有的孩子与母亲都有着一次不断重复的对话。

"妈妈,天上的星星真美!"

"是啊,宝贝,其中有一颗就是你呢。"

"真的吗?太好了,妈妈。我要每天都看到它,每天都要陪着它。"

"好的,宝贝,其实,妈妈也是一直有着这样一颗星星陪伴才长大的。"

与一颗星辰为伴,成长的岁月就少了些浮躁与跳脱,多了些欣喜和从容，或许，在人生短短的岁月中，只需凝望一颗小小的星辰，便能将所有美好定格成一种永恒。

沉静如水的夜晚，星辰就是被月光淘洗的沙砾吧，盈满着微小而坚定的力量，那些凝望苍穹的目光，就是那些寻找珍珠的河蚌，笨拙而简单，执着而任性，在日复一日的对视与沉默中，所有的关于人生的秘密都会被一一洞悉。

成长永远是彼此成全的一件事，在碰撞与砥砺中，在泪水与欢笑里，一个人与全世界对话，一颗星陪伴着全世界的孩子，时光荏苒，岁月消减。

垂头者丧气，昂首者怒放，因为脚下只有坚硬的道路与蹒跚的脚步，只有天空，才有广阔的怀抱与未知的将来，也只有天空，才有一颗小小的不起眼的星辰，某种意义上来说，它就是一个人在天空的倒影，或者说，一个人就是一颗星辰在大地的投影。

夜空中的一颗星与大地上的一个人是如此相似，总是在白日里消匿无形，隐身于滚滚人海之中，只是默默感应与汲取着阳光的润泽，总是在夜晚时才能回归心灵，固守着微小却独一无二的自我，坚定地释放出只属于一个人的光芒。

或许，这就是一个人必须要有一颗星陪伴的原因所在。因为，陪伴一颗夜晚的星，就能拥有一颗阳光的心，陪伴一颗夜晚的星，就能拥有一片深邃而博大的天空，陪伴一颗夜晚的星，就能收获一种生命中最初的感动与从容。

时光深处的冬天

每逢季节来到冬天，总有某种悠远与深刻的事物触动着我，仿佛只有这个季节的寒冷与纯粹，才能让轻飘飘的时光也有了重量，才能牵引着浮躁的生命不断沉淀，留下一串串醒目而温暖的印迹。

冬天，寒冷与温暖总是相映成趣。我们置身于无边的寒冷，却在矢志追寻一点点微小的温暖，这多么像一个人一生的缩影，总是在不停追逐，虽然前方的理想总是遥不可及，但希望的火苗却从未熄灭，或许，如果希望之火熄了，人生也便失去了存在的意义。

时光深处，冬天的静寂之中总会有一两声突兀而清亮的歌声，似乎是有人想将胸中块垒一吐而快，也似乎是有人想将脑子中盘旋的思想倾泻而出。知音何处？或许，只有在这个大音稀声的季节，所有的孤独的渴盼的声音才能找到默契的因缘，也或许，只有在这个表面看起来冷硬得近乎冷漠的季节，某些关于真诚的渴望才能被毫无戒备地袒露与呈现。

冬天初至的时候，每个人都无法表示欢迎，因为它带走了金色的收获，带走了绿色的生机，带来了令所有人都紧皱眉头的寒冷与萧瑟，但是，随着冬日渐深，它又带来了洁白的雪，带来了清洁的大地，唤醒了每个人心中深埋已久的事物，那是与一片雪有着同样底色的遥远的理想。

理想仍在，雪便有了进入火炉的契机，一炉雪将是何等浪漫与感人的存在，质为寒却浴火而生，色为白却衍生异彩，而更重要的是，一炉雪足以永恒地深藏于时光深处，足以代表人生中所有冬天的温暖与芬芳。

凛凛一冬，似乎时光也在有意放慢它的脚步，常常让我们感慨寒冷长存，如同这个季节的黑夜一般总是如此漫长无边，可事实上，时光并没有变长，它只是变得更加深远了，远到了一个凡人目力不及之处，烙刻在了每个俗人烦躁心绪渐渐平复的静谧之中。

时光深处的冬天，就是如此美不胜收。

守望与怀想

　　守望与怀想，是一根绳上的两只蚂蚱，彼此都拼尽全力，却因为背道而驰而同样驻足不前，久而久之，绳子会绾成一个结，守望的未来不曾来，怀想的过去难重现，心思纠缠不停，生活泥足深陷，人也会变得郁郁寡欢。

　　事实上，守望与怀想并非贬义，它们都是美好的代名词，守望幸福会在心中开出一朵花，怀想旧事会在心中酿造一坛美酒，只是，花若植于酒坛，必然不会怒放，酒若滋养鲜花，必然会加速其萎败，因为，它们各自有着自己的天地，如同水火般有着各自的精彩，却难以互相融合。

　　守望的勇气因为总是被那些旧日营盘牵绊撕扯而变得犹疑不决，怀想的柔美因为总被那些关于未来的热切期盼围绕而变得扭曲变形，它们因为彼此间的影响而缺失了最初的单纯，变得复杂起来，也就变得不再那么美好了。

　　人生总是如此，随着渐渐长大，难以像个孩子一般心思纯净，方向明确，总要在经历过才明白，总要在憧憬中患得患失，总在守望中不自觉地怀想起那些过去，总在怀想中模糊了对于未来的守望，许多人因此陷入痛苦与犹豫之中不可自拔，却殊不知，其实真实的人生就是在这种矛盾与碰撞中变得渐渐成熟起来，面对困扰，思想衍生出的智慧会让勇气变得更加睿智，而平静中的蓄积则会让力量迸发得更为动人。

　　守望是一种前行，怀想是一种倒退，但有了彼此作为注脚之后，砥砺中前行则成了一种大境界，挥之不去的事物便将它背负在肩头吧，哪怕放缓了前行的脚步，却也收紧了恍惚的心灵，而一个人因此也便拥有了行走世间的能力，便拥有了面对自己的勇气，便拥有了将小小的心灵与大大的世界相互连接的一座虹桥。

　　在守望中怀想，在怀想中前行，抽丝剥茧，浴火重生，才是大写的人生。

行简单事　做简单人

一个人活在这个世界上，总是要不停地做事，常有人抱怨各种事情复杂而烦琐，终日在一团浮躁中得过且过，常常是事做了，情况却变得更复杂了，而时间久了，由事及人，想要简简单单过日子便更显得难之又难。

简单的人能把一件复杂的事做好吗？答案是肯定的。复杂的人能把一件简单的事做好吗？答案必然是否定的。那么，究竟是应当先做人还是先做事呢？窃以为，两者之间并无先后之分，却有着主次之别。

做简单人是溯本之源，行简单事是水到渠成，如果你把为人处世这件大事搞复杂了，一切事情自然也就芜杂纷繁泥沙俱下了。

再复杂的事，只要沉下心来，循着最直接也最合理的途径，一步一步平心静气地做，自然也就简单明了，虽然可能费了力气耗了时间，但心不累气不短，少了些忐忑与唏嘘，多了些充实与欣慰。

一切根源，都在于做事的是否是个简单的人。简单的人做起事来不会分心两处，心思里都是光明正大的计划，没有龌龊的阴谋，不会想走捷径，因为捷径都曲折弯曲，不会想找助力，因为助力都需利益交换。总而言之，一切见不得光的想法都不会在简单人的脑子里出现，因此，简单人的世界里充满了温暖而明亮的光，让那些复杂暧昧都无处隐藏消散无踪了。

　　反之，行简单事也会成就一个简单的人，简单事行多了，一个人才能获得更多的信任，不会让人看不透摸不清，会让更多的人乐于合作交流，毕竟，这个世界虽然貌似十分复杂，却充盈着大多数渴望简单的人。

　　简简单单才能自自然然，如果一个人已厌倦了虚伪与功利的生活方式，那么，就行简单事做简单人吧，让简单破解所有的复杂，还原一个真实而温暖的自己。

遇见与想到

做一件事情，是先做再想，还是先想再做，这是一个人为人处世的方式，也决定了他人生的质量与走向。

遇见未来是不可能的，所以遇见的一定就是正在发生的，因为正在发生，所以思考如何应对的时间就会少得可怜，下一步的决定就必须要在一瞬间做出，是对是错都必须去承担与面对。

想到未来则是另一种情形，虽然未来仍未发生，但设身处地的思虑会让未来显现出大致的模样，未来的不可预知性会明显降低，虽然未来是座小径分岔的花园，但不论选择哪一条路，都不会慌乱失措。

当然，遇见也并非一无是处，多少惊艳的邂逅与偶遇都因为突然发生而如闪电般烙印在了一个人心中，人生本就充满了无尽的未知，所以选择遇见的人往往会活得简单与快乐一些，车到山前必有路是他们的人生准则，船到桥头自然直是他们对自己的安慰，时日久了，遇见的事情多了，他们竟也真的总结出了一套适合自己的人生哲学。

事实上，想到也绝非算无遗漏，由于提前预支了自己的精力与智慧，勤于思想的人往往会活得比较疲沓，世事如棋，每一步都会发生无数的变化，根本无法准确把握每一步的人生，虽然经过了事前的思虑与布局，还是免不了因为事发突然而被打乱计划。

其实，遇见与想到并不矛盾，两者之间有着千丝万缕的联系，遇见会催生急智，想到会愈发睿智，根源在于它们面前的那件事，小事不必总挂心头，大事也不能放任自处，只有适当取舍，人生中那些遇见与想到才能完美融合，就像风中夹杂着鸟鸣才会美不胜收，就像溪水漂流着落花才能澄澈自然。

遇见了，想到了，都不必慌乱或是困扰，面对纷繁的世事，只要嘴角常挂微笑，只要心中常驻平静，世界就总是会如此和美，人生也总是会优雅从容。

月光与酒

　　月光与酒,似乎是古往今来最具诗意的事物了,而且,两者之间还能够并行不悖无缝对接,月光下的美酒醇香怡人,酒杯中的月色摇曳动人,声音与味道纷至沓来,世间的一切美好也便自然而然水到渠成了。

　　诗仙李白闭口饮下美酒,开口便是月光一般的诗句,在他的世界里,火热的酒与清冷的月光相映成趣,化为了世间最美妙最浪漫的诗。可是,究竟是美酒成就了月光还是月光酿成了美酒呢?抑或是那些流传千古穿越时光的诗句本就是由美酒的醇香和月光的静谧发酵而成的呢?

　　与文学一致,音乐同样离不开酒与月光,一首美妙的音乐让人有饮酒的冲动,一抹月光流苏让人心底自然涌动出了一曲音乐。或许,能够打动心灵的事物总是会有所关联吧,就像那些跳动的音符不需要任何语言的修饰,便能倾诉出一城月光的静美灵动与一壶美酒的芬芳隽永。

　　不仅音乐与文学,世间所有美好的艺术,几乎都离不开月光与酒,似乎只有它们才能激发出一个人澎湃的创作激情,才能唤醒一个人被世俗纠缠负累的初心理想,或许,只有当遇到一抹月光饮下一杯美酒的时刻，一个人才能邂逅一段真正属于自己的传奇。

  一个人若想拥有高质量的生活，必然离不开月光与酒，酒能让人入世，笑看红尘百转千回依然甘心付出满腔热忱，月光则能让人出尘，静听世事喧嚣芜杂依然能安守本心不失方向，生活中有了月光与酒，便有了水的随物赋形和火的灿烂辉煌，便有了天空的辽远深邃与大地的厚重坚强。

  月下独酌是心灵的窃窃私语，金樽对月是命运的锵锵誓言，一个人，拥有了月光与酒，也便拥有了动静皆宜的品性和宠辱不惊的态度，人生自然便是一番理想中的美好光景了。

一人一江湖

在所有人心中,都有一个波澜壮阔的江湖,即便只是贩夫走卒,也挡不住他们脑海中的意马心猿脱离缰绳,奔跑出一个热血沸腾快意恩仇的江湖。

其实,有人处便是江湖,那些啸聚山林者与那些奔走市井者,都是在混自己的江湖,都是在书写自己的传奇,细细挖掘,就会发现,在他们平凡如水的人生里,总有那么一两个熠熠生辉的瞬间,就是这个瞬间,被定格成了永恒的瞬间,被江湖间肆意传扬,直至成为湮没得只余下只言片语的传说。

那个寡言少语的教书匠,居然是某位叱咤风云大人物的授业恩师,那个憨憨笨笨的快递员,竟也有着拾万金仍不昧的壮举,那个貌不惊人的矮胖女菜贩,竟然供养着两位就读名牌大学的子女,那个总是面带微笑的酒店保安,竟然挽救过十余位买醉后意欲轻生的顾客。在他们的江湖中,他们就是侠之大者,就是传奇。

而对于每一个旁观者而言,他人的江湖或许平淡无奇,并不引人注意，但总会有那么一个时刻，江湖中会有短暂的相逢，遇上彼此，分享一份美好或是从容，收获一份快乐或是感动，那么，江湖存在的意义便昭然若揭了。

相对于浑浑噩噩地走过每一天，江湖是一个有滋有味的存在，若你将日子过成简单的复制，那便是辜负了人生的一番美意，若你将岁月挥霍成一片狼藉，那么，再美好的风景也只会远远地绕过你。唯有以江湖人自居，将这江湖的属性挥洒得淋漓尽致，人生才会显得愈加清晰而美丽。

江湖的属性，便是中国人"大江东去，浪淘尽，千古风流人物"的豪迈，便是"劝君更尽一杯酒，西出阳关无故人"的伤感，便是"桃花潭水深千尺，不及汪伦送我情"的感动，便是"春风桃李一杯酒，江湖夜雨十年灯"的顿悟。

拥有了属于自己的江湖，岁月便有了可以依凭的一片辽阔天地，曾经单薄与迷茫的人生自然也会变得丰盈而美好。

内心的灯盏

一个人，在身不由己的尘世间游走，总会有些黯淡无光的时刻，此时却要谨记，一定要小心呵护着内心深处的灯盏，不要让世俗的风雨刮入自己的灵魂。

人生之灯虽然无惧风雨，却又是脆弱而敏感的存在，当它还没有具备化风霜为甘露的能力之前，那些漏入心底的凉风细雨确实是有着熄灭生命之灯的可能的。

多少人倒在了生长的路上，被一阵突如其来的风雨侵袭入灵魂深处，被脆弱与无知放大的恐惧不安所击倒，让自己的人生陷入一片黑暗。他哭着说，人生处处是墙壁，轻轻触碰便头破血流，我只能闭上眼睛，却还是阻止不了眼泪长流。

多少历尽沧桑的人，每天都行走在风雨之中，却步伐矫健，神态从容，他的眼角堆积着厚厚的皱纹，瞳孔中却盈满着热切的希冀。他笑着说，摔倒了这么多次，我还是选择笑着奔跑下去，这皱纹是笑出来的，眼泪却怎么也挤不出来了。

原来，所谓生命之光，不过是一次次挫败后咬牙站立的循环往复。那些挫败与灰暗，经过过滤与析解，化作了坚强与执着，滋养着内心的灯盏，灯光微弱或是明亮，原来只是取决于内心的选择。

爱因斯坦的阅读障碍症无法阻止他对于无尽知识的向往与追求，博尔赫斯的双目失明无法阻止他对百万书籍的热爱与思索，贝多芬的无声世界依然能够奏响世间最震撼人心的乐曲，凡·高的精神错乱仍然不能阻止他涂绘世间最美丽的画面。一切的一切，只是因为他们内心的灯盏从未熄灭，纵然世间有种种磨难，他们依然在小心呵护着内心的灯盏。

那些为了生活奔走在世间的小人物，也需要灯盏挥洒出一片片生命之光，因为他们需要一个为之奋斗的理由，需要一份沉甸甸的责任，更需要一只照亮前路指引方向的闪亮路标。

呵护内心的灯盏，它散放的光芒就会敲打着一面面现实之墙，将它们的冰冷与坚硬消融，幻化成光芒深处蕴藏的点滴温暖，慰藉着风雨尘世中飘摇不定的生命。

第二辑　与爱相伴而生

　　与爱相伴而生的这四种事物,其实仅是让一个人成长成熟的四枚醒目路标,它们指引着一个人走向美好与从容,昭示着一个人获取真爱与幸福,真爱永不消逝,它们便日夜常新。

多言与寡言

　　多言与寡言，是为人处世的两种姿态。

　　多言者想要吸引他人关心瞩目却往往适得其反，少言者习惯隐身角落不被他人关注，却往往会成为最终的焦点，可以说，两者之间的差异造成了各自的不同结局，细细探究，会发现造成这些结果的皆是时间，时间让多言者的功利性一览无余，也让寡言者的淡泊与胸襟逐渐展现。

　　时间洪流的冲洗让所有人都褪去了刻意的伪装，相对而言，多言者的伪装要更多一些，他们不停说话，似乎是为了昭示自己的强大与博学，却实则在掩饰内心的脆弱与浅薄，时间久了，博学的空白处会被发现，强大的破绽处也会被放大，而寡言者的伪装则要少许多，他们将重心放在了对空白与破绽的修补上面，以此来壮大自身提升境界。

　　事实上，多言者与寡言者是在同一个起点出发，最初的水平与见识相差无几，最终的能力也是相差无几，但落在众人眼中却有了高下之分，这都是过程的差异所致，多言者是先许下海口再获取成功，偶有瑕疵便给旁观者落下了口实，而少言者则是默默进取，直到收获那一天才为众人所知，留给旁观者的只有赞许。

　　古往今来，那些逞一时口舌之快者往往会落得个毁誉参半的评价，那些安守平凡默默耕耘的人则会得到大多数人的认可，从客观的角度来看，多言者话在事先，给人一种不踏实不稳重的感觉，而寡言者行在事先，让人有一种脚踏实地可以信任的直觉，虽然相较而言，多言者在起初确实吸引了更多人的眼球，可因为总是暴露在众人眼皮子底下，一路走来总会有青涩或是挫败被大众所知，大部分多言者不是败给了要做的事情，而是败给了众人的挑剔与关注，而寡言者因为少人关注，反而更能心无旁骛地做好想做的事情，因此，最终能得到众人认可的往往都是那些不事张扬的寡言者。

　　多言与寡言，其实是空话与行动的对战，也是虚荣与实在的评判，两者之间，孰优孰劣，一目了然。

风会告诉你

少年时,常常会在大山中迷路,每当此时就会想起母亲的话,她对我说:"找不到回家的路,就去问问风吧,风会告诉你该往哪里走。"

风怎么会说话呢?它只会呜咽或是咆哮,只会低吟或是高唱,但是母亲说话的语气却是异常坚定,她反复对我说着同一句话:"风会告诉你正确的方向。"

家在山脚下的小村落里,背对大山,面向大河,河上无桥,出村的小路只在山上有一条,所以,当我到了上学的年纪,总要三两做伴或是独自一人越过高高的大山。大山巍峨,人在其中便如一株微小的青草,举目四望一片荒凉,耳边只有或徐或疾的风声,心中常常会有一种迷失感,春夏时天长,往返时有路可循,还可以看看太阳辨别方位,可到了秋冬季节,夜来得越来越早,秋季的落叶与寒冬的白雪常常会遮挡弯弯的小路,让我愈加不辨方向而迷失了回家的路。

迷路时,我便会想起母亲的话。母亲说,风是冷的就是北风往南吹,你只要顺着风的方向走便能找到家,风是暖的便是南风朝北吹,你只要顶着这份温暖便能找到家了。

　　母亲的话真的没有错。秋冬季节，风真的有了冷暖之分，凉风往南吹走了燥热，暖风向北带来了希望，寒风凛冽或是和风欢畅都有着固定不变的方向。

　　就这样，我真的听懂了风的语言，辨清了它为我指引的方向。我常常想，大山雄伟沉默，这风便是它身旁飞舞歌唱的小小精灵吧，将大山的厚重化作了轻灵，让大山上的每一个人都有了希望与方向。

　　后来，我走出大山，来到县城，再后来又走出县城，栖身于繁华的都市，其间遇到过无数人与无数事，经历过无数次迷失与沮丧，也曾经无数次想起母亲说过的那些关于风的话语。

　　风其实从未改变过，不论是在城市还是在乡村，不论是藏身繁华还是隐入荒凉，它的方向因循着春夏秋冬四季变换，演绎着昼夜更替冷暖炎凉，每当我陷入迷茫，总会找到一处空旷之地，寻觅到风的踪迹，聆听着它对我的低语，所有的问题便都有了答案。

　　从某种意义上来说，风便是人心吧，人心渐冷便是寒冬将至，人心向暖便已离春天不远了，依顺着冷风便减少了它的刺骨寒意，迎合着暖流便滋养着内心希望的种子渐渐发了芽，明白了风，便明白了人心，也便明白了这个世间所有的语言与爱。

045

花开，不谢

儿子长大了，有了自己的思想，拒绝我为他做出的选择。

母亲老了，思维变得缓慢笨拙，常常需要我替她来拿主意。

我的亲人们，像一朵花绽放着或是凋零着，走在生命各异的旅程中，儿子昂扬向上，母亲渐渐佝偻，此消彼长之间，是母亲矮下的腰身支撑起了儿子曾经的稚嫩，她的脚步变得越来越慢了，而与此同时，儿子愈跑愈快的步伐让他的未来越走越近，也让我们与他的距离渐渐拉远了。

曾几何时，儿子躲在奶奶怀中，躲避着我的责骂，曾几何时，母亲的手温暖如云，抚过我的头发，为我的内心植下了一片蓝天。

一晃，那么多年就过去了。

儿子出生时，小得像一粒不起眼的种子，哭起来都比别的孩子声音小上许多，可母亲抱着他笑颜如花，在病房的椅子上坐了整整一夜，迷蒙着眼睛的儿子似乎懂得了什么，只要奶奶一把他放在床上立刻就会大哭大闹，于是，他降生的第一个夜晚，我的母亲，他的奶奶便静静地抱着他度过了整整一个夜晚，整夜都不曾入眠。

或许，血脉中真的有一种看不见的事物在悄然系结着彼此，或许，这就是所谓的骨血亲情吧，就像儿子降生的那一刻，陡然长大的我与妻子，就像多年之前，送走十五岁独自远行求学的我的那一刻，母亲和父亲额间悄然生长出的一丛白发。

生命，真的如同一朵花，花开了不必言谢，花落了也不必悲伤，因为，一朵花只要用心开过，总会在世间留下属于它的芬芳。

人生便是一场花开花谢，总有稚嫩弱小，总有灿烂温暖，总有沉默无奈，总有一切都回到起点的那一刻。人生匆匆，总要送走那些开在前面的花，总要呵护那些沾满泥土的种子，每一天，都要有一个忙碌奔波的理由，都要有一个无须言传的微笑，如此一来，人生才不至于堕入污泥之中不可自拔。

几年前，父亲病时，我在病榻前彻夜不眠，偶尔会听到他痛苦压抑的呻吟声，那种痛苦传递到我的心里，却转化为了不竭不尽的力量，让我战胜了疲惫与焦躁，战胜了悲伤与自责，于是，我常常会在听到父亲呻吟的时刻把手伸到他的手里，让他的手握紧我的手，让他用尽全力握紧我的手。父亲的手早已不是少年印象中有力的大手，他用尽全力也不能让我感到生疼，可我的手依然能够让他平静下来。

或许正是这种平静，让父亲度过了漫长的病中时光，能够病愈复原。我永远忘不了那一天，推着轮椅上的父亲出院，扶着他小心翼翼在大街上行走，看着他越走越稳越走越快，我的亲人们都笑成了一朵世间最美的花。

花开，不谢。生命本就是一粒花种，开花便是宿命，又何必言谢呢？花开，不谢。其实，一朵花绽放之后便永远不会凋谢了，因为，在花开的那一刻，人生已经完成了它的使命，即便身体终将衰老，心灵也将永远定格为一朵素雅芬芳的花。

一肩月光

　　大山深处的游子归乡，常常会扛上一肩月光，因为大山深远，往往车不能及，需要步行良久，而近乡情怯，游子的脚步常常于不自觉中放缓，便错过了黄昏炊烟，错过了晚霞夕照，他们宛如倦极归巢的飞鸟，错过了白日的光明，便只得与一抹浅浅的月光为伴，而这缕月光便如慈母的抚摸安慰，缓缓抚平了游子们一无所获的羞怯，山外世界冰冷坚硬的门虽然已经关闭，大山深处却又重新开启了一扇接纳的窗。

　　都市人家的游子归乡，也会扛上一肩月光，虽然都市喧嚣，总有霓虹闪烁彻夜不熄，但归乡的游子行囊空空，步履沉重，疲惫的肩上便只余了一抹月光的重量，而这月光不仅温暖，还可疗伤，可以让四处碰壁的心伤化为冷静面对的思索，这些羁旅中的思索像一只只蝴蝶，游走于月光开出的花朵之上，采摘出一缕缕的芬芳，这芬芳沁人心脾，游子心上，便生出了一抹抹希冀的光。

　　对于年轻的游子来说，家若不远离，便不可知其存在，对于即将归乡的游子来说，若没有这一段月光下的归乡之旅，心灵便无法沉淀，人生便不知该何去何从。奢华光鲜地衣锦还乡固然能引来众人艳羡，却往往在大的喜悦之后只剩更大的空虚，行色匆匆地返乡小聚则犹如蜻蜓点水，情之未至，动辄则止，压抑的情绪得不到宣泄，反而更加郁积。细细想来，"心若安处即吾乡"毕竟只是哲人们凭空而至的臆想，哪如一步一步月光下寻来的故乡更令人甘之若饴。

扛一肩月光回家，便是这个世间最浪漫也最动人的情景，也是这个世间最为纯净最为唯美的情景，它凝固在时光与空间的洪流之中，历经千百年的淘洗，依然一尘不染熠熠生辉。大江流日月，代谢成古今，当天上月光的久远深邃与人间思恋的隽永绵远融成一体，便是一首最动人的诗，一曲最温婉的歌，一本最深刻的书。

古往今来，当相似的情景一再重现，我们便可以确信，这一肩的月光，其实就是满满的思念与爱。

朋友如水亦如火

在人世间行走，除了亲人，最不可或缺的便是朋友了，一位挚友可以身兼良师、知己等多个身份，可于孤独时求得慰藉，可于受伤时得到庇护，可于烦躁时获取宁静，可于无助时得到收留。

朋友的属性如水亦如火，如水时温良谦让，可以包容所有的不安与浮躁，如火时热情满满，可以点亮内心的荒原与暗夜，拥有这些如水亦如火的朋友，我们便不再是孤独而无助的。

朋友之间也有着无数的可能，可以萍水相逢，也可以相濡以沫，可以相忘于江湖，也可以聚义于草莽，可以相交如水，也可以碰撞如火，一位好朋友可以温暖你亦可以涤洗你，可以温言相劝亦可以热火相激，但无论如何，朋友的一颗心中是没有阴影的，他对你说的每一句话都饱含真诚的温度，他对你做的每一件事都濡染深切的祝福。

曾有一友，二十年不见，一朝相见仍觉恍若昨日，不见半点隔阂，亦曾有一友，隔三岔五相见，每一次相逢却仍有着言不尽的笑语盈盈，常常感觉，朋友之间相处久了，便成了一种习惯，不必用心牢记，因为从未忘记，不必刻意联系，因为心始终都在一起。

　　在这个纷繁复杂的世界上生活，一个人愈是年长，便愈是没有了交新朋友的冲动，那些客套与应酬总是转瞬即逝不留痕迹，终是及不过细水长流的相知相守，终是抵不过岁月无声的相聚相守，或许，人生总是如此吧，如水亦如火的朋友平凡普通却又弥足珍贵，静静地伫立于生命深处，一直陪伴我们走到生命的尽头，或许那时也并没有过多的悲伤，因为，朋友之间生离死别也不过岁月沉默后的风烟俱净，也不过是时光砥砺后的澄澈简约吧。

　　朋友如水亦如火，如你亦如我，可以雅致亦可以流俗，流连于一朵鲜花的芬芳，痴迷于一杯香茗的优雅，相聚在一片厚重的大地，离别于一座拥挤的车站，当岁月之河匆匆流过，当我们尘土满面一身疲惫，一声朋友仍然可以唤醒我们所有的真诚，仍然可以将希望的种子再一次种植在每个人的心中。

　　或许，有朋友的一生，才是拥有真实幸福的人生吧。

青春是一首诗

青春如诗,需要浅吟低唱,需要激越飞扬,需要泪花飞溅,也需要沉默怀想。

朗读一首关于青春的诗,平平仄仄间隐藏着疑问与答案,抑扬顿挫中演绎着阴晴和圆缺,苦辣酸甜一一品尝,喜怒哀乐纷至沓来。

在漫长的青春时光里,第一次有了回忆往事的感怀,第一次有了梦想未来的勇气,第一次有了朦朦胧胧的爱情,第一次有了清清楚楚的疼痛,或许,从某种意义上来说,青春就是一个人一生的缩影。

青春却又是短暂的,短得像一场转瞬即逝的梦,未及细品便已悄然逝去,只是,一些青春的印迹还是铭刻在了每一个人心中,那是些风花雪月的诗句,是些不知所云的呓语,是些莫名存在的骄傲,是些难以言传的默契。

青春的诗歌中,有最炽热的情感与最痛苦的成长,有最简单的快乐和最复杂的晦涩,那些伴奏在青春诗歌间的乐声,如黄钟大吕又如溪水叮咚,一次次澎湃着年轻的心灵,一次次润泽着无悔的理想。

每个人的青春都会写下一首这样的诗歌，主题是理想，色调是抒情，分段的句子里尽是些美好与不切实际，纵有些"少年不识愁滋味"的矫情和"欲说还休"的暧昧，却又总能回归到"天凉好个秋"的自由与随性，也许，正是在这些懵懵懂懂的青春岁月里，一粒种子已悄然自内心萌发，找到了属于它的一个方向，望到了属于它的一方小小天空，拥有了一片大大的属于一个人的风景。

　　感谢青春吧，它让世间种种都有了最鲜明的注解，指引着你在迷茫中找到一条路，感恩青春吧，它将赐予你足以温暖一生的阳光与火焰，让生活路上的阴影无处遁形，珍惜青春吧，它会让你无悔地面对自己的心灵，无悔地走上每一段未知的路程。

清寂之山与潋滟之水

中国人喜山乐水，古已有之，山水情怀绵延至今仍无丝毫消减，有其人文原因，更有其哲学根源。

窃以为，中国人爱的是山之清寂，乐的是水之潋滟，两者初看起来截然相反，细细考究却有着千丝万缕的联系，山高高在上巍峨庄严，却略显冷硬令人难以亲近，水蜿蜒曲折流风余韵，却过于柔顺让人无法依靠，在自然万物之中，唯有这高山流水既泾渭分明又相映成趣，如太极图一般浑然天成，而在注重团圆和美的中国人看来，依山傍水的美景不仅是大境界，更有着大智慧。

山水终有相逢，才有了高山流水遇知音的千古佳话。水绕青山，点缀其间，不知不觉间，便能将山的冷硬缓缓融化，踏遍青山人未老，固然是因为山之高远令人心旷神怡，更是因为水润青草为高山注入了生机与活力，试想一下，在一座清寂孤立的高山之中行走，若没有一道澄澈自由的溪流相依相伴，行走的况味便会消减大半，内心的力量便无法积聚与迸发，身体的疲沓与倦怠自然也会油然而生并迅疾蔓延了。

而只有水没有山的世界同样残缺，无论是舟行水中或是足行两岸，水的激滟与旖旎都会因为缺乏重量而易于逝去，这似乎就是水的本质，"逝者如斯夫，不舍昼夜"，说的正是一条河流的故事，流水与时光是具有同一属性的事物，永远流动，绝不驻足，可是，如果在水行的路途中有了一座山的陪伴，我想，时光也会停留下来的。因为，高山就是一段被凝固的时光，就是一个驻足而立的巨人，也是一本需要寂寞阅读的书籍。

清寂与激滟，高山与流水，恰如人生的两极，一个是内里的心灵思索，一个是外在的身体力行，两者缺一不可，人生一世，若能做到山水般相融相谐又相映相衬，我想，这一生的美好与富足便不难获取了。

神圣的时刻

再平凡的人，生命中也会有一些神圣的时刻。大的，像是升学入职，结婚生子，小的，便是读一本好书，看一部好电影，听一首好听的音乐，这些时刻通常都是极短的时光，却能让人的脸上乐开花，让人的心里变得敞亮无比。

事实上，人生中那些神圣的时刻，便是生活中平凡与辉煌的分水岭，便是时光里清冷与温暖的交界线，虽然它发生的时刻如此之短，但它绵延的感觉却在不断延长，而拥有了这些神圣的时刻，偶尔回忆，便能在嘴角牵起会心的微笑，便能在心湖荡起快乐的浪花。

有时候，神圣就是投入身心地融入一件事情，心无旁骛尽情挥洒，让自己沐浴在这充实的感觉之中，不必说什么话，心境已完成了质的升华，我想，人生也是这样渐渐成熟与从容起来的。

我有一位厨师朋友，把为父母做饭的时光看得神圣无比，每次都要精心准备，从各种蔬菜的购买、清洗、烹饪，到在此期间让儿子缠住爷爷奶奶不让他们进入厨房忙活，一点一滴算无遗策。我曾问他为什么要这样做一顿饭，他郑重地对我说，不是仅仅为了让父母尝尝儿子做的饭，而是为了满足儿子从穷困时便立下的为父母做顿好饭的愿望。我明白，其实，这个神圣的时刻，是为了他的孝心而存在的。

还有一位作家朋友，他做的最神圣的事是每个周末为父母讲故事，讲那些从小到大一同经历的故事，也讲那些自己孤身在外亲身经历的趣事。他说，通常在他讲故事的时候，他的父母总是不发一言，却自始至终脸上都挂着温暖的微笑，而他在仔细看这些笑容的时候，每一次几乎都会被父母日渐深重的皱纹伤心得落下泪来。他知道，自己与父母相处的时光已在渐渐减少，已变得愈加珍贵了。听了他的话，我知道，这一刻的神圣，已经楔入了他的灵魂。

类似的神圣时刻不胜枚举，虽然在旁人看来，这都是些不难实现的事情，但当事人却从未因此轻视或是敷衍了事，而是一直认真地坚持了下来。

观察久了，我发现所有神圣的时刻都有一些共同点存在，诸如与爱有关，与理想有关，与责任有关，而这些词语本身其实就是神圣无比的，因为它们昭示着一个人生命的尊严与价值。我想，如果能够用全部身心去虔诚地践行这些词语，那么，在这些神圣的时刻，每一个人本身也会是神圣而令人尊敬的。

拾穗男孩与荷锄少女

　　拾穗男孩与荷锄少女，是中国传统文化中两种普遍存在的现象，也在暗中昭示着中国人一脉传承的生活方式与成长路径。

　　拾穗男孩置身于金黄色的阳光，收获着金黄色的麦穗，在金黄色的海洋中，男孩的成长被赋予了一层梦幻般的色彩，在某种意义上来说，拾穗男孩就是传统文化里中国男性固守耕耘与坚持理想的化身；荷锄少女则是中国传统女性的象征，柔美，纤细，袅婷，婀娜，锄头是劳动用具，却因为女性特有的气质成了一种装饰，产生了一种诗意，成了无数诗人画家倾力描述的对象，即便是林黛玉那般娇弱多病的大家闺秀，依然是要荷锄葬花，魂断香丘，但从深层次的原因来看，其实，荷锄少女更是一种对于劳动的膜拜，是传统文化里中国女性坚贞朴素与勤俭贤惠的最直观体现。

　　性别与性格的不同也决定了男孩与少女的不同，拾穗男孩总是蹦蹦跳跳活力十足，似乎永远也不知道忧愁为何物，荷锄少女却总是恬静安然不发一言，似乎总要把一个秘密藏在心底。我常常想，在旧时的秋收季节，在每一个流光溢彩的黄昏里，总会有数不清的拾穗男孩与荷锄少女出现在广袤的大地上吧，他们伴随着每一次弯腰低头的辛勤劳作而逐渐长大成人，仿佛成熟的谷物一般绽放出了金灿灿的光彩。

身为一个中国人，甫一出生血脉里就有了五千年历史变迁的积淀，在自我意识与独立思考尚未产生的时刻，就耳濡目染了许许多多似乎与生俱来的道理，于是，就在某个最美好的时刻，每一个中国孩子都有了成为拾穗男孩与荷锄少女的冲动，也正是在这种无法说清的冲动指引下，男孩手中金黄色的麦穗会幻化成每一件心爱的玩具、每一束灿烂的阳光和每一个迫不及待的梦想，而女孩手中朴实无华的锄头也会变幻成每一件美丽的衣裳、每一束柔美的月光和每一个私藏心底的秘密。

在如今这个日新月异的时代，遑论一位拾穗男孩与一位荷锄少女的单纯与安静，似乎总显得有些不切实际，但是，我想，或许命运的轮回就是为了美好的不停积淀，在每个人有限的生命旅程中，拾穗与荷锄的美好或许在时间上会变得愈来愈短暂，但是，在每一个成年人的心中，这一份暖暖的回忆却会因为这些文字的唤醒而变得温情脉脉芬芳隽永。

岁月深藏的四张脸庞

  无常岁月，平常心情，当人生浮华渐渐沉淀，那些旧日时光却如一壶醇酒般持续发酵，常常在不知不觉间，便勾起了几缕熟稔几丝沉郁。我常常在回忆的角落中逡巡不已，试图找回那些被岁月深锁的思念，我知道，它们寡淡的外表下匿藏着一颗飞扬的灵魂，牵引着我追逐、问索，将懵懂的迷雾缓缓拨散之后，便显露出了一张张清水般的旧模样。

  第一张脸属于初为人母的母亲，那时的她有一种夺目的光彩，洋溢在脸庞的璀璨光华如同清晨的阳光，拥有着融化冰雪的力量，我想，那就是初为人母的憧憬与自豪，无论多年之后，她将最终拥有怎样一个孩子，在这一刻，她都是全世界最幸福的人，对她而言，那是一种让她的人生美到极致的巨大幸福。

  母亲曾经不止一次对我说过，她是一个平凡的人，只不过因为她是我的母亲，才被我笔下的文字反复赞美，以至于久而久之，她自己都觉得自己是极美的。每次听母亲对我说这些话，我都会认真地看着母亲，每一次，我都会在她新增的一条皱纹，新添的一根白发中，找到一种更为崭新的美。我明白，在我眼中，在我心里，这就是她的美之根源，因为爱的存在，那些被岁月锁在深处的思念会记录下每一刻母亲的变化，并让这份思念变得愈加真切，愈加醇厚，愈加令人甘之若饴。

　　第二张脸是返老还童的父亲。随着时光流逝，年轻时严肃刻板的父亲竟渐渐变得像个小孩子一样了，他会为一件小小的成功而欢欣不已，也会为一点小小的不如意而大发雷霆，他变得越来越简单了，或许是为了应对那些岁月深处的复杂与烦扰，他选择了一种最直接的方式延续自己的人生，我想，这也是他一直渴望的生活吧。

　　父亲年轻时走过许多地方，尝过人情冷暖，碰过险流暗滩，匆匆地就走到了老年。倥偬的生活一旦缓慢下来，他显得有些无所适从，拿起久违的二胡，却发现自己已忘了该如何演奏，哼起久违的京腔，却发现还未开口已遗忘了钟爱的唱词，思虑良久，他还是选择了从头开始，重新做一个孩子，学习这些漫漫人生中因各种缘由而抛开的喜好。父亲不知道，他如今的样子曾有无数次令我泪流满面，整整一生啊，我是第一次见到父亲如此轻松并且专注的样子。

　　第三张脸是朦朦胧胧的自己。沿着岁月倒行，我发现自己的脸庞已变得越来越模糊，那些心怀忐忑的青春岁月，那些无所适从的少年时代，那些无邪无知的童年往事，已经淹没在岁月滚滚的洪流之中，每拨开一层细浪，都像是为如今的自己撕掉一层面具，这个过程是如此痛苦，却又是如此清晰，凝视着那一张张模糊的脸庞，我知道，我的双眼中一定已浸满了泪水。

　　在泪光中看岁月中的自己，思念那些逝去的自己，恍若走入一个月明星稀的夜晚，思想停顿，时光停止，只有一缕清冷的思绪挥之不去。恍惚中，那些口无遮拦的自己，那些噤若寒蝉的自己，那些无知无畏的自己，那些复杂简单的自己，都已被锁入岁月的牢笼，他们都在等待着有那么一天，那个未来某处的自己会悄然到来，完成一场关于灵魂与心

061

灵的救赎。

  第四张脸拥有着最丰富的思念。那是些在我的生命中曾经出现的人，有的只是一面之缘，有的已陪我走过多年，有的与我相隔万里仍日夜思念，有的与我近在咫尺却熟视无睹，他们不时在我心头与眼前闪现，仿佛一道道撕裂长空的闪电，提醒我应当适时地想一想他们，他们却不知道，正是这一道道闪电，让已经习惯遗忘的我变得更加羞愧不堪。

  我不得不承认，大部分时候，我已经遗忘了他们，即使每一天，我都会与他们见面、寒暄，但我确确实实已经遗忘了他们，那些脸在我眼中并无任何不同，他们统统被打上了可有可无的标签，被抛入岁月的角落里再也无心问津，可事实上，他们的存在却有着非凡的意义，甚至可以说，正是他们在改变着我的人生，或许他们对我的改变只有轻丝一缕，可聚沙成塔之后，却已经完成了对我内心灵魂的深刻重构。

  正是这深藏于岁月的四张脸庞，让我有了莫名的勇气，有了探究岁月深处秘密的渴望，有了解开重重迷雾深锁的自信，事实上，我的人生，也正是因为他们的存在而变得丰盈圆润，拥有了面对艰难坎坷时的平静从容和摆脱人生困境的勇气与智慧。

温柔与温暖

温柔衍生温暖，温暖呵护温柔，内心温柔的人才能给予他人温暖，传递温暖的人必然拥有一颗温柔善良的心。

人来到世上，第一次感受温暖是在母亲博大的怀抱中，第一次体会温柔是在母亲甜蜜的亲吻中，或许，正是因为给我们诠释温柔与温暖的那个人是最亲近的母亲，所以，我们才能对这两个词有着刻骨铭心的依恋，才能对这两个词有着无尽的憧憬与渴求。

温柔是一种情感，温暖则是一种感受，情感寄托昭示着一个人内心的方向，切实的感受则引领着一个人去靠近爱，在我们生存的这个世界上，一个人可以勇敢，可以机智，也可以平凡普通，但是只要他能够感受到温暖，能够触碰到内心最温柔的部分，他的一生就必然会充满欣喜与幸福。

人渐渐长大，温柔与温暖也会随物赋形，更多温柔的心会贴近彼此，譬如甜蜜的爱情、真挚的友情，更多温暖也会彼此分享与传递，譬如身处困境时伸来的一只手，譬如面临黑暗时点亮的一盏灯，而能够感受到温柔与温暖，能够生长出温柔与温暖，则预示着一个人将会渐渐长大渐渐走向成熟。

生活的道路各有不同，但总不会一帆风顺，而一颗温柔的心拥有着包容一切艰难困苦的智慧，一股源源不绝的温暖拥有着融解所有冰雪风霜的力量，人生是修心之旅，温柔与温暖就是一颗心游走外部世界与内心宇宙的粮食和水，是一个人成长成熟过程中不可或缺的获取与给予。

最终，温柔与温暖都将转化为同一种事物——爱。是的，唯有爱能够绵绵汩汩永不断绝，唯有爱能够包容彼此永远存在，一颗温柔的心分娩而出的温暖，便是世间最美的事物，便是世间最深沉的爱。

乡愁是思念的骨

每一年的清明，都是乡愁肆虐折磨那些异乡人的日子，虽然岁月久了，也有了"早把异乡当故乡"的感触，可清明到来时，心中却还是汩汩地流淌起了一条名叫思乡的河水。

思乡之情浓了，便会幻化一梦，在午夜悄悄将故乡的草木摄入梦中，会将思乡的河水幻化成泪，沾湿衣襟，会将故乡里陈旧的人或事擦拭清晰，触景生悲。

思念就是如此，绵泊不绝，蜿蜒如溪，轻缓如风，沉重似铅，仿佛一个长袍大袖深情吟咏的诗人，击节而笑，长歌而哭，而在清明时节，乡愁便是思念的骨了，坚硬挺拔，血脉相连，略一抽离，便是彻骨的疼痛。那些离乡背井的人们，背负的再沉重的行囊，想必也不及乡愁千万分之一的重量。

故乡的水土养育故乡的人，异乡的水土终是少了那一份血脉相连的默契，少了那一分赤诚相见的亲切，少了那一分难以言喻的情分。异乡再好也终是异乡，不能取代一个人思念中最重要的那根骨。因为，正是这根思念的骨，支撑着一个人在这纷繁的人间挺起胸膛，砥砺着一个人在这坎坷的路上负重前行，提醒着一个人在这多变的世界保有初心，这根骨的一端是一个人行走在大千世界，另一端则记录着他是如何离开故乡踏上了这漫漫的异乡路。

乡愁是思念的骨，故乡就是埋骨之地，一个人不论离开故乡有多远，不论时间过去了多么久，一旦踏上故乡的土地，一旦聆听到浓重的乡音，两行热泪总是会抑不住地往下流，没有理由也没有原因，只有淌在故乡的土地上，才会被包容与呵护，才能被珍爱与收留。

无人不乡愁，即使那些终身守在故乡的人，也会在清明这一天勾兑一杯属于思念的酒，怀想这一年又一年的坚守，祭奠这一季又一季的清明，而乡愁，这一截埋于思念河流中的骨，已悄然停止前行，化作了沉默而坚硬的河床，在一个人有限的生命中扎下了根。

一个人的红尘游

　　一个人来到这个世界，便踏入了的万丈红尘之中，从此后酸甜苦辣一一品尝，喜怒哀乐不停变幻，他眼中的世界也层峦叠嶂云遮雾罩，既有着重重的伪装，也有着不变的真诚，至于如何辨别真伪，如何存真去伪，便是一个人自我修行与自我修正的学问了。

　　有的人沉溺虚假，迷失在短暂的麻醉与梦幻之中；有的人饱经苦难，依然不改一颗追求美好的赤子之心；有的人浑浑噩噩，得过且过将日子过成简单的复制；有的人顺水顺风，将一切都当成理所当然，自大成狂最终碰得灰头土脸。凡此种种，不尽相同，但细细想来，每一个红尘游历之人其实都在因循着某种因果，在得失之间不停取舍，在对错之中不断成长。

　　人世如红尘，只是，红尘之中滚滚流动的不仅有用双脚丈量的空间，还有用心灵点数的时光，唯有时光才是红尘之中永远真实的事物吧，它不依人的意志而改变，不因人的位置而停伫，永远公正地对待着每一个努力或是懒惰的人。

一个人的理想是付诸行动还是止于想象，时光都看得一清二楚，它也会依据你的付出去分配你的收获，一分不多一厘不少，因此，你无须抱怨生活的不公，因为真正左右生活的是时光，是时光中那个勤奋或是倦怠的你。

　　如果某一天，你在漫漫红尘之中偶尔回首，也会看到自己留下的串串足迹，会看清自己曾经选择的不同方向，你也会不自觉地发出一声叹息或是一串轻笑，你也许会庆幸，也许将懊悔，但你永远不会无知无觉，因为，当你学会了驻足回首，你也便学会了思考人生，学会了如何收藏一条属于自己的红尘之路。

　　红尘有你，也有我，有着诸多的相遇与离别，一切是缘也是道，身为红尘游历的某个人是幸福的也是幸运的，因为，这个世界至少给了你足够的时光去珍惜或是挥霍，至于你将这红尘世界塑造成了什么模样，便是你的意愿所至行动所达了。

与爱相伴而生

与爱相伴而生的，大致上有四种事物。

一是患得患失的心绪。爱之初生，往往具有极大的不确定性，毕竟爱不是一个人的事情，因爱而碰壁遇冷都是正常的，因爱而无所适从也是极常见的，因此，某种患得患失却又不知所谓的心情总是伴随着爱悄然出现，往往一点挫败便会沮丧失意，往往一丝喜悦便能雀跃不已。

此时，唯一稀缺的其实便是平静了，无法平心静气，只得患得患失，爱之初生，便如一切初生事物一般，总是脆弱易折，却又爱如珍宝，患得患失其实是对于这份爱的难以把握，或许，唯有时光可以验证它的真伪与长短吧。

二是忽冷忽热的希冀。爱会产生希冀，这希冀是对于美好未来的憧憬，也是对于未知明天的忐忑，正是因为有了这些两极分化壁垒分明的情绪，这份与爱相伴而生的希冀才会忽冷忽热没有一刻平稳平和。

但是，希冀的属性决定了它最终必然将是温暖与明亮的，那些冷与热终于会找到一个相互融合的契机，终于会找到一个彼此和谐共存的方法，或许直到此时，一个人才能真正找到某种驾驭爱与希冀的感觉，而这份忽冷忽热的希冀，其实就是一节节推动着爱由稚拙迈向成熟的阶梯。

  三是向死而生的勇气。爱需要勇气，但并不需要一腔热血倾尽所有的蛮力，爱需要的是一种向死而生殊方同致的大智大勇，这份勇气既可面对生离死别时的艰险困境，又可承担柴米油盐处的琐碎纠结，唯有如此，才能让爱不因光环笼罩而炫目迷失，也不因逼仄暧昧而裹足不前。

  爱有了这份向死而生的勇气，便会成为一座静谧而包容的湖泊，纵然外界有着风雨雷电，有着世事变迁，也依然能够固守着内心深处的纯洁与深邃，一生不变。

  四是瓜熟蒂落的成长。经历过患得患失忽冷忽热，拥有了向死而生的勇气与智慧，与爱相伴而生的便只余下瓜熟蒂落的成长了，这种成长才是爱给予一个人的最珍贵的人生礼物，有了爱作为背景与底色，成长的路上便会多了某种不一样的感动。

  或许，一个人的成长成熟便是爱的最终归宿吧，它与爱相伴而生并且与爱永远同在，爱也是在成长的，经历过发芽开花的爱固然美不胜收，却总需要一枚成熟的果实将爱的种子延续下去。

  细细想来，与爱相伴而生的这四种事物，其实便是让一个人成长成熟的四枚醒目路标，它们指引着一个人走向美好与从容，昭示着一个人获取真爱与幸福，真爱永不消逝，它们便日夜常新。

世间最美的词语是原谅

世上最美的词语，是原谅。

爱也敌不过原谅，因为，某种时刻的爱会带来伤害，譬如溺子入祸的宠爱，譬如盲目盲从的情爱，譬如无原则的付出带来的无休止的索取，伤害与爱之间，只隔着一面小小的迷雾堆砌的墙。

真诚也不过是原谅的附属品，因为，没有原谅打下地基，真诚的高楼便抵不过骤来的风雨，没有原谅烙下指纹，真诚的契约便会在利欲熏心面前变得面目全非。

世上几乎所有的事物都有正反两面，而原谅不会，因为它无须伪饰与遮掩，它是大勇气，是大智慧，是大胸怀，是不计回报的承担，是一个人生于天地间最顶天立地的誓言。

因为原谅，善良的孩子会永远善良，因为原谅，美好的怀念会填满所有的过往，因为原谅，即使那些毫无意义的虚度时光，也会成为一首充满诗意的歌，在平凡的人生中反复吟唱。

世间最难，却也是原谅。因为要流浪去未知的远方，一滴雨很难原谅天空中孕育它的积雨云母亲，因为要冲破成长的壁垒，一只雏鹰很难去原谅将它抛下悬崖的雄鹰父亲，因为种种未知的不如意，世间生灵都有种种理由选择不去原谅。

因为拒绝原谅，纠结与阴暗渐渐逼仄了单纯的心灵，条条大道都成了没有出路的死胡同，世间所有的美好都会悄然远去，只会留下一个个无法打开的死结，让人生在忐忑不安中反复煎熬。

其实，原谅之难，并非无法解决。

蛋壳中的英雄若想新生，需要的不是撞得头破血流的勇气，而是在深夜对着星辰吟咏诗篇的从容，悬崖前的骑兵如果得胜，依靠的绝不是纵身一跃马革裹尸的壮烈，而是悬崖勒马进退自如的智慧。

换位思想，反向思维，这便是解决之道。

人们都说，原谅自己易，原谅他人难，却殊不知，原谅自己其实才是最难的，因为原谅自己，便是否定了自己，便是承认了错误，而学会了与自己的过往交谈，便也有了原谅他人的契机，那么曾经如此困难的原谅，就会渐渐变得水到渠成。

而一个学会了原谅的人，就会变得不畏挫败，不生浮躁，不言放弃，也便获得了最美好与从容的人生。

找到属于自己的生活

前不久去乡下探亲，见到了一个久违的同学，当年他是我们村里第一个大学生，大学毕业便留在省城教书，后来听说步入了仕途，如今二十多年没见，他居然辞去公职回到了农村，当了一名地地道道的农民。

见到同学时，他古铜色的面孔已经看不出半点城市人的样子，只有一副黑边眼镜稍微显出了一点与众不同，与他寒暄几句，听着他半生不熟的乡音，我心中有许多疑问，却犹豫着不知该不该说出口。

他似乎看到了我欲言又止的样子，笑了笑，对我说，你一定很奇怪，我为什么放弃城市里干净体面的生活，来到这简陋的农村当一名农民吧。

我点点头。同学笑着说，其实，这是我深思熟虑后做出的决定，在城市待了二十多年，说实话，我从未感到那里是自己的家，我每天匆匆忙忙，总有忙不完的事，总有无处不在的压力，看似是风风光光，其实根本不是我向往的生活，后来，我偶尔回到农村，发现这儿的缓慢平静让我根本无法离开了，于是就留了下来，现在，我种庄稼，养鸡鸭，吃得干净，活得简单，身体壮实，心里敞亮，别提多高兴了，因为，我终于找到属于自己的生活了。

　　找到属于自己的生活。朋友的一句话让我陷入了思考之中。什么才是属于自己的生活呢？锦衣玉食不是，前呼后拥不是，我想，只有脚步踏实心灵平静才是，朋友在城市的生活符合大多数人的价值观，却不一定让他自己感到幸福，那么这种生活于他而言便没有太大意义了。

　　生活究竟是什么呢？追名逐利无可厚非，但没有了情感寄托与人生责任，就会变得空虚浮躁，就会失去方向迷失心灵，真正美好的生活，应该是按照心灵的指引，剥掉那些浮华与喧嚣，找到真正属于自己的城堡，这座城堡或许简陋朴素并不起眼，却足以为日渐逼仄的生活打开一扇面向蓝天的窗，让清风洗去尘埃，让阳光温暖孤单。

　　找到属于自己的生活，简简单单的一句话，却道出了生命的真谛。

钟爱细节的人

钟爱细节的人，把日子过成了一种艺术。

譬如奶奶，没有文化，却能绣美得不像话的花，绣花的时候，奶奶每走一针一线，脸上都洋溢着自信的光芒，仿佛手下绣的是这个大千世界的种种繁华，绣的是那些芸芸众生的无限喜乐，或许，正是因为把这些眼中看到的心中想到的都绣到了一朵花里，这朵花才能如此栩栩如生，细细嗅闻竟似还有着隽永的芬芳味道。

还有某位画家，把一张四尺斗方画得纤细入微，不让一张纸有半处闲暇，就是边角处的留白，都空得挥挥洒洒不可或缺，远远观之，大气磅礴，近处品赏，尽显幽微，这位画家把每一个细节都放大成了胸中的丘壑，时日久了，便自然生发出了勃然生机与无穷想象。下笔如有神，泼墨便成画，无数个细节成就了一种无限的博大。

高校有一位教授，教书育人字斟句酌，讲话做事一板一眼，每天来到课桌前必然是精神奕奕，说不上两句话便让满室学生都感受到了某种光芒，这光芒细致地纷飞到每一处角落，落入了每名学生的眼中，温润了每名学生的心灵，让所有听课的人都感受到了知识浇灌的美好。细细想来，教授并非天纵奇才，只是对于细节的无比重视，让他的传功授业再没有了半点疏漏。

其实，世界便是由无数细节构成，生活中，细节决定了未来的走向，人生路上，没有哪一步是轻而易举的，也没有哪一步可以盲目盲从，钟爱细节的人，在细节中成就了对于生活的掌握，用一个个细节串联成了饱满丰润的人生。

钟爱细节的人绝不锱铢必较，那会让细节变得纠结纠缠，钟爱细节的人也不会放任自流，那会让细节充满罅隙纰漏，钟爱细节的人不仅会专注于细节，更会谨记住方向，唯有如此，细节才不会走偏，才能把日子编织成一件恒久常新的艺术品。

其实，对于细节的态度，便是一个人生命质量优劣的分水岭。

蔚蓝色的镜子

　　王小波曾经在书中提到过这样一件事，青年时，他初始写作异常痴迷，常常是心中有了好的句子就要马上记录下来，有一天深夜，他头脑中突然灵感勃发，但是手头却只有一面镜子，生怕灵感消失的他便用一只蓝色钢笔在镜面上书写起来，胸中的绝妙句子澎湃而来，小小一面镜子很快便承载不了如此多的文字了，于是写着写着，竟将整张镜子涂成了天空一般的蔚蓝。

　　读到这里，我竟然泪盈于目，不可自抑，心中早已丝毫不关心镜上曾经书写过如何精彩的文字了，我并不觉得这些文字的消失令人惋惜，我只记得一片如天空一般蔚蓝深邃的镜子，这面镜子本身不就是最美好的诗句吗？

　　蔚蓝深邃，充盈着一位对于未来抱有热切冀望的青年的激情与梦想，有着无穷无尽的想象空间，我想，世间对于理想痴迷的人大抵都是如此吧！

　　有多少人记得自己少年时的理想呢？我相信，所有人都不曾忘记过。

如果你真的记不起曾经许下的誓言，那么你一定还会记得曾经为了某件事废寝忘食不舍昼夜，那样的夜晚，你一定也曾有过一面蔚蓝色的镜子。

少年时，我在乡下复读，蚊虫叮咬蝉声聒噪，我便用收集来的香烟盒中的锡纸包裹住裸露的手脚，已经记不清是谁告诉我这个驱散蚊虫的方法了，但是，那个包裹着锡纸在月光下银光闪闪的少年却再也走不出我的脑海了，我相信，那时的夜晚，月光洒在我的身上，一定是饱含温柔的眼波，因为，哪怕一个如此平凡的少年，仍然具有因为内心的热忱而打动每一位静心凝视的旁观者的魔力。

那些锡纸并不贵重，却是我收集了许久才得以包裹满手脚的，那些岁月也并不流光溢彩，却是因为烙印了一个叫作理想的词语而变得刻骨铭心。

后来，我看到了王小波手中蔚蓝色的镜子，才会骤然想起曾经银光闪闪的自己，我相信，这个时刻不仅仅属于一两个人，这一定是所有曾经年轻曾经充满勃勃生机与纯洁理想的人所共有的人生体验。

在镜面满目流溢的蔚蓝中，我还看到了凡·高的星空，听到了贝多芬的命运交响曲，或许，他们的伟大正是来源于少年时那面蔚蓝色的镜子吧。

少年时不懂回头，如今却总是不由自主地回头观望，那些渐渐模糊的事情变得清晰，那面蔚蓝色的镜子上也在隐现那些已经消失的文字。

文字所记载的，想必除了朝霞和彩虹，还有落叶与夕阳吧，除了纯真与痴迷，也有消沉与放弃吧，它们都沉匿于蔚蓝色的镜面，浮沉在记忆的深海，只是，它们从未在我们的生命中消失过，因为，它们就是人世间最最珍贵的爱与理想。

静气就是福气

同事小李是一个特别性急的人,看书时一目十行,做事时风风火火,他习惯于四处走动,偶尔坐下也会很快就站起来,口头禅就是"急死我了"。办公室里因为有了小李,大家都觉得心头有一股浮躁之气,想要静下来是难上加难,这也直接影响了工作效率,久而久之,小李所在的科室成了工作累效率低的典型,不少同事为了不被小李打扰,纷纷要求调离。

其实,小李的责任心很强,工作能力也不差,但是性格却成为阻止他上升的职场桎梏,这一切,直到老刘从别的科室调过来才发生了改变。

与小李相反,老刘是个性子极慢的人,他的慢并非质量差,而是一种出奇的稳。刚来上班第一天,老刘和小李就来了一次激情碰撞。小李拿着一份报告请老刘过目,这份报告要报给上级领导,所有科室人员都要查看一下,很快,小李看着慢条斯理的老刘就开始稳不住了,他大声催促:"老王,领导在等着呢?您快一点好不好?"

老王看了小李一眼,摆了摆手说:"请稍等一下。"

那一天,小李一直等到上午快下班,老王才长吁了一口气说:"好的,看完了,我觉得没有问题。"

老王这一句话顿时让如热锅上的蚂蚁一样的小李静了下来,他哭笑不得地接过报告去交给领导了。

后来的日子里,"请稍等一下"这句话反复在小李耳际响起,这也成了老王的口头禅。在办公室里,"急死我了"和"请稍等一下"此起彼伏,一个如热火烹油,一个如和风细雨,久而久之,竟然发生了奇妙的变化。

最大的变化就是小李,也许是哭笑不得的次数多了,小李变得不那么着急了,起初只是和老王说话变得沉稳,后来和其他同事交流起来也一样不徐不疾。因为少了小李的催促与急躁,整个科室的气氛竟也变得沉稳有序起来。

沉下性子的小李不再毛躁,他的工作能力也得到了充分的展现,一年之后被提升成了副科长,老王虽然仍然是个科员,小李却对他十分尊重,因为老王虽然没有明说,但小李却知道,正是老王那句"请稍等一下"医治了自己的浮躁,让自己真正有了发挥能力的空间。

其实,医治浮躁的方法很简单,"请稍等一下",时间自然会让心情沉淀下来,只有获得了平静,干起工作才能事半功倍,人生之路才能越走越宽,因为,无论在职场或是生活中,静气才是最大的福气。

第三辑　远方自由　近处从容

　　远方与身旁组成了我们生活的这个世界，辽远处可以包容我们所有的不安，细微处可以砥砺我们所有的成长，当每个人都学会了包容他人与砥砺内心，生命必然将凸现出它应有的价值，生机勃勃，熠熠生辉。

"合拍"的人

同学老李，矮矮胖胖，貌不惊人，扎进人堆里就找不到了，可是，他却是单位里的大红人，同事们公事家事都喜欢找他，各种大团圆小聚会也都缺不了他。

离开单位，老李也混得风生水起，三教九流都少不了他的朋友，打扫卫生的大妈，楼区看门的大爷，健身房里的瑜伽教练，生意场上的大小老板，个个都喜欢跟老李一起玩耍。

提起老李，所有人都异口同声："老李可是难得的跟我合拍的人啊！"

"合拍"可不是一件容易的事情，特别是在成年人的世界里，两个没有利益纠葛的人思想相似相处愉快，必然其中有一个善解人意；一个人和一群形色各异的人都相处合拍并行不悖，这个人必然是有着极高的情商与肚量的人。

更加可贵的是，老李这个"合拍"的人还经住了时间的考验，四十出头的他至今也没被人在背后嚼过舌头说过坏话，虽然在单位中担任了一官半职，在楼道里也是一方楼长，但安排工作化解纠纷却总能一碗水端平，让人指摘不出什么不是，反而常被人道谢称赞。

如此一来，老李几乎成了一个完美的人，也让人心中有了一个疑问，这个与所有人都"合拍"的人究竟是怎么练成的呢？

老李说，我哪有这么好啊，不过就是该吃亏的时候吃亏，该操心的时候操心，该出力的时候出力，该放手的时候放手，说句好听的叫识时务，说句不好听的就是没心没肺啊。

细细想来，事实还真的如老李所说，老李似乎总有着识人之明，与爱说话的人在一起，老李便成了一名听众；与爱倾听的人在一起，老李便成了一名说客；与爱计较的人在一起，老李常会笑着吞下几个暗亏；与神经大条的人在一起，老李又化身成了心思缜密的智者。

拾遗补阙，取长补短，投其所好，得其所哉。原来，这就是老李行走社会混迹芜杂却能并行不悖游刃有余的秘密所在。

如此看来，做合拍的人，其实也不难，难的是如何让自己找到适合自己与他人的那个"拍"，或许，这就需要如老李一般的大肚量与大智慧了。

"别人"是什么人

不知道从什么时候开始,"别人"这个词几乎被所有人挂在了口头。"你看看别人家的谁谁谁,比你强一百倍。""这个事我是听别人说的。""我不管别人怎么说什么,我就要按我的想法来做。"似乎,"别人"成了万金油,一件事不辨真伪可以是听别人说的,说一个人不行可以对比别人的行,一意孤行时又可以搬出别人以此显示自己的矫矫不群,那么,"别人"到底是谁呢?问题抛出,往往是嗫嚅半晌,也说不出个所以然来。

单位有一位同事,资历不浅,能力一般,但嘴中的"别人"却是三教九流无所不有,你和他谈话,总感觉自己在和无数的"别人"谈话,他一开口就是"别人怎样怎样",唯一忽略的恰恰就是他自己,有时问得急了,他就说一声"别人说得做得很明白了,我就不说了"。很显然,"别人"成了他的挡箭牌,也成了他的替死鬼。

其实,一个人口中的"别人",恰恰就是与自己相反的存在,这个参照物不是镜子,而是镜子中自己所缺失的那一部分,是自己找的借口与托词，成功时可以反衬自己的伟大，失败时也以解脱自己的窘迫，总而言之，"别人"就是自我保护与贬低他人的利器。

那么，你有没有想过，自己也会成为他人口中的"别人"呢？是否说过那些不负责任的话语被人以讹传讹，是否因为一点成绩被人捧上了天际，是否沦为他人笑柄或是成为某个传奇，巨大的反差其实跟你本身并没有多大关系，因为当你成为他人口中的"别人"之时，你已经成为一种工具，有着许多的功能，却唯独没有真实而客观的自己。

窃以为，还是少说说别人，多想想自己吧，把别人挂在口头的人往往没有客观地评价过自己，他总能找到这样那样的理由规避对自己的审视，却不知道，这正是他总是落后于人的根源所在。

或许，当自己与"别人"能够平静而客观地谈话时，自己才能成为自己，别人也才是别人。

阳光藏在乌云背后

有一些事情，历久弥新，有一些歌，未及回味便成了老歌。

有一些阳光，总是藏在乌云背后，就像我们生活中越来越稀少的喜悦，总是藏在一些未知的阴霾之后。

就仿佛是，我们无处安放的青春记忆，它们零散在时光深处，像一道道在乌云中翻滚躲闪的阳光，难于捕捉并且转瞬即逝。它们随风游走轻易地就远离了你的视线，让你误认为青春已经消失，它们也会蒙上一层淡淡的水雾，让你在一片反光中迷离关于它的一切回忆，而当你恍然自醒，终于明白这原本是一些遥远记忆被擦去灰尘时你流下的泪水时，你就会突然听到心底那些真切的呼唤，于是，你会擦掉泪水，露出那些闪光的片断。

那就是阳光，金色的阳光，明亮而温暖，简单而隽永。

曾几何时，我们的生命中充满着无尽的阳光，那是在葱茏的少年时，阳光总是充盈胸膛，希冀与憧憬滋生出了无尽的力量，让我们似乎永远不知疲倦。但是，在与时光的对战中，终于渐渐地有一些乌云开始占据天空，这些乌云总是与阳光此消彼长，而随着经历世事阅历渐多，少年不知愁滋味就变成了为赋新辞强说愁，终于有一天，这份愁变成了真实的乌云蔽日。

这时候，彷徨与沮丧开始闪现，青春的脸上出现了第一条皱纹，我们那些记忆开始零散，开始被遗落，变得无处安放，终于有一天，你误认为那些阳光已经从你的身边永远消失了，取而代之的是越来越多越来越厚的乌云。

就是从这个时候开始，我们不自觉地变得成熟起来，放声高唱的勇气渐渐消弭于无，取而代之的是一种越来越深切的迷茫，而这，就是成熟的代价，它所涵盖的，有事业的失败，有岁月的无奈，但更多的，是那些无法延续的爱。

你在迷茫之中甚至丧失了突围的勇气，但你不知道的是，正是这些无法避让的厚厚乌云，掩盖了一个重要的事实。其实，阳光从未消失，只是乌云聚得越来越多了，让它找不到一丝缝隙，没有阳光指引方向，我们便在终日的忙碌中渐渐迷失了自我，没有时间去计算与理想之间的距离，没有时间去思考在奋斗的路上是否产生了偏差，没有时间去留意那些深深匿藏于乌云背后的阳光。

但是，终会有那么一天，你会从一丝遗漏的阳光中突然顿悟，接下来，你就将轻易地拨开那些厚重的乌云，重新沐浴在阳光之中。

这时候，你才明白，其实乌云，也是阳光的一部分，有了乌云，你才会更加珍惜那得之不易的阳光，就像是，因为有了世事的沧桑无常，你才会更加珍惜那渐渐逝去的青春。

冬天的窗

冬天，窗户似乎是被忽略的事物，可事实上，它却在扮演着重要的角色。

一扇窗，隔开了温暖与寒冷，分离了喧嚣与宁静，室内温暖如春，窗外落叶飘零，目力所及与身体所感形成了鲜明的对照，身处室内凝望窗外，常常便会庆幸自己拥有着一扇窗，拥有着一个可以躲避严寒的温暖的家。

冬天，若窗外飘雪，便会积聚有或大或小的洁白雪堆，这些洁白的雪若是在背阳一面的窗檐，常常会存在整整一个冬天，残雪映衬在透明的玻璃窗前，为这个寒冷的季节平添了一份诗意与芬芳；冬天，若窗外有风，那些呼啸声常常会穿过玻璃窗，钻入每个人的耳中，看着窗外光秃秃的树被北风吹得东倒西歪，心中总会升起一缕苍凉与豪迈；冬天，若室内有书，书中的宁静便契合了窗外的冷清，温一盏茶，读一本书，偶尔抬头，看一看窗外那些仿佛被时光凝固的静物，尘世间的幸福或许便莫过于此了。

窗外流光短，窗内日月长。昼比夜短的冬天，似乎湮没了许多故事，也似乎隐藏了许多秘密，但只要打开窗，一切疑问便止于了想象之中。

　　窗外的寒冷涌入室内，吞没了温暖却也理清了芜杂，呼吸着冬天的洁净与深邃，心灵会在瞬间恢复清朗，此时再关上窗，冬天也不会很快离开，它会在窗前徘徊凝视，会将自己洁白的印迹烙刻在透明的玻璃窗上。

　　冬天，玻璃窗常常会结一层薄薄的冰凌，或许，这就是匆匆来访又匆匆离去的冬天吧。

　　冬天，因为有了一扇窗，一个人可以有幸同时生活在两个季节，汲取两个季节的美好，春天的温暖芬芳，冬天的洁净深邃，此时此刻，都因为一扇窗的存在和谐共存着，一个人，可以思考生活，可以获得成长，可以透过一扇窗，看冬天的风景，也可以隔着一扇窗，成为冬天的一道风景。

那个烦人的凡人

身为一个凡人，身边总有数不尽的烦事，而在不知不觉之中，凡人自己也变成了一个烦人的人。

凡人要在世间行走，免不了要经常麻烦别人，出门要乘公交，上班要接触同事，下了班要听老婆唠叨，要为孩子操心，要向父母尽孝，点点滴滴，看似小如豆粒，实则浩若烟海，一个处理不好，零碎的小事就会变成轰隆作响的大事，让凡人头痛气短，不知如何是好，久而久之，凡人就会变得心浮气躁，嘴里唠叨个不停。

其实，凡人自己才是最心烦的人，特别是三四十岁的凡人，上有老下有小，左有领导右有同事，前有目标后有追兵，每天都像被一根鞭子不停地抽着，但是没有办法，一切压力都得自己扛起来，这份重担是凡人想卸都卸不下来的。

细细想来，凡人在匆忙中其实也是幸福的，虽然操心是真疲惫是真，但抱怨也罢，生气也罢，那些琐碎的小事还是要办，一桩桩一件件都大意不得，事实上，这恰是凡人的生活意义所在，凡人就是从这些小事里获取了幸福的真谛。

　　事实上，总会有那么一天，凡人会变得成熟稳重，变得温和如水，变得随物赋形，成了一个真正意义上的成年人，或许他每天要混在挤公交的人群里，每天要游走在菜篮子和灶台四周，每天要重复两点一线的简单生活，但渐渐地，凡人就会没有了浮躁的感觉，开始享受这种生活状态，虽然也偶尔发发牢骚，但那也是习惯使然，根本不必大惊小怪，而且这些牢骚，凡人都是微笑着说出来的。

　　渐渐地，凡人把一些事情也看淡了，开始喜欢为一些小事操心，为了父亲的大寿费尽心思，为了孩子上一所好学校四处活动，为了一顿可口的晚餐努力努力再努力，凡人再也没有了一些标新立异的想法，再也没有了一些怀才不遇的感伤，烦恼便渐渐少了，大约就是在这个时候，凡人开始让人感到厌烦了，因为他变得唠叨了，变得小心眼了，变得胆小了，变得不像个男人了。

　　但是这时候，凡人心里会想：原来这生活还真没那么烦人啊。

　　其实，我们每个人都知道，凡人之所以变得烦人，其实都不是为了自己，而是为了那些亲人、朋友，为了心中的一份善良与责任，从某种意义上来说，烦人的凡人正是这个世上最可爱的人。

高低与快慢

这世界越来越快，跑得快的人还跟得上节奏，那些慢的人便被甩在了后面，他们被催促被鞭策，甚至被谩骂被讥笑，亲人朋友怒其不争，路人敌人笑其愚钝。

其实，慢的人并非一无是处，天生万物，总有尺短寸长，行动慢的人大多是些心地沉稳凡事三思的人，他们下笔前要理顺字的部首偏旁，开口前要斟酌话的是非曲直，如此一来，思想便跑在了行动前面，可是落在旁人眼里，便成了慢人一拍。

快与慢除了相对于时间而言，更要思虑效果的好坏，而这却是与人的成长轨迹息息相关的。少年时，快的人显得伶俐，慢的人显得迟钝，青年时，快的人意气风发，慢的人亦步亦趋，中年时，快的人渐渐疲惫拖沓，慢的人却仍然从容不迫，到了老年，快的人再也快不起来了，甚至也慢不下来了，只得夜夜哀叹韶华不再，而慢的人却已完成了人生的积淀与升华，站在了快人永远无法企及的高度。

是的，高度，这才是决定人生成败的关键。速度再快，也只是距离的拉长，无法成就人生的高度，行动再慢，只要心灵始终在丰盈在成长，就会站上人生的巅峰一览众山小。

跑得快的人因为缺乏思想，疲惫的身体加速衰老日渐佝偻，最终低到了自己匆忙步伐荡起的尘埃里，而那些跑得慢的人，因为有了思想为旗，有了心灵指引，最终走得越来越高站在了高远巍峨的群山之顶。

高低与快慢，这看似风马牛不相及的词语，却能真正地让人生变得生动并立体起来，为什么那些获取成功与尊重的人总是缺少速度或是速度平平，不是因为他们快不起来，而是因为他们把"快"用在了你看不见的地方，放在一个人最深邃也最神圣的心灵里面，用点点积累将心灵拔节到了一个常人难及的高度。

快与慢，高与低，其实也是相得益彰的事物，每一个凡人要做的，其实就是找到属于自己的速度，达到属于自己的高度，如此一生，幸甚足矣。

好久不见与久见不好

爱情的状态只有两种，好久不见与久见不好，四个一模一样的字，因为排列顺序的变化而变得面目全非，最终的效果也大相径庭。

好久不见，爱情却变得越来越浓，无论是因为什么原因造成了无法相见，在相爱的两人心中只能起到推波助澜的作用，时光的长短似乎与思念的浓淡恰成反比，不是时间越久回忆越淡，而是时光愈长怀想更深，因为，记忆是一种带有过滤功能的事物，时光滤掉了那些平淡与不快，只留下那些欢喜与温暖，没有了杂质，它们变得越来越闪亮，而这正是爱情最本质的属性。

有一首歌唱道，我多么想和你见一面，看看你最近改变，对你说一句，好久不见。歌词浅白，其中的思念却是如此深重，以至于到了返璞归真直抒胸臆的程度，因为此刻，所有的语言都不足以表达对于"好久不见"的遗憾。

而久见不好，则将"好久不见"那种忧郁的诗意冲散殆尽。试想一下，同样是这相亲相爱的两人，没有了好久不见的平静与思考，只有天天相守柴米油盐的无聊与呆板，需要浪漫的爱情又如何能够持久而甜蜜呢？

　　时时刻刻在一起，似乎是对于相爱之人最大的褒奖，可事实却是，这是爱情消亡最大的导火索，究其原因，是因为过于真实的生活本就不属于爱情。爱情应当属于孤独的想象与幸福的闪电，而不属于四手四脚两个大脑的连体婴。

　　那么，在人的一生中，爱情的分量究竟有多重呢？或许，没有了爱情的浪漫与唯美，人生的意义才能凸现而出。

　　好久不见似乎是爱情的常态，而久见不好则在婚姻生活中变得逐渐不存在了，因为，责任与亲情会取代爱情，或者说，飞扬跳脱的爱情会转化为醇厚隽永的亲情，会转化为时刻自省的责任。

　　如此一来，"好久不见"的忧郁美好必定敌不过"久见不好"的责任与担当，而那份无缘转化为亲情与责任的爱情，也终究只是镜花水月一场空罢了。

慌与荒

慌与荒，是互为因果的两个字，心慌乱了，生命也就渐渐荒芜了，生命荒芜的过程，其实就是一颗心慌乱无依四处碰撞的过程。

心一旦慌了，首先缺失的是方向感，迷失了最初的方向，偏向而行甚至逆向而行，后果自然可知，即使偶尔猜对了方向，也会因为途中的慌张而错过风景，直至走入一片荒凉，陷入更大的慌乱之中。

其次缺失的是安全感，总感觉危险无处不在，却又不知如何应对，缺乏面对危机的勇气，更没有应对危机的智慧，于是便会产生一些刻骨铭心的伤痛，这伤痛是自内而外的，因为慌张，心灵不再是避风港，反而成为自我伤害的源头，随后身体必然出现问题，最后的结果就是身心俱伤两手空空，最后缺失的将是幸福感，被无休无止的慌乱占据心灵，幸福的属性将荡然无存，没有平静，没有喜悦，没有陶醉，只有一无所有的荒芜和无法逃脱的孤独。

没有了方向，失去了安全，泯灭了幸福，小小的慌就此改变了整个人生，也造就了生命的荒芜。那么，该怎样找回这些失去的美好呢？

我想，正如慌是因，荒为果，其实荒为因，慌也是果，要改变慌，大可从荒入手，植种生机，丰盈心灵，那么，慌必然也会越来越少，终至消失。

拓荒是一个劳作的过程，播下理想的种子，引来洁净的溪水，沐浴温暖的阳光，丰富自身的知识，提升心灵的境界，一分汗水，自然就有一分收获。

拓荒也是一个创造的过程，创造一片点缀星辰的夜空，建筑一座收留灵魂的城堡，荡起一阵清爽头脑的风，酿造一坛醍醐灌顶的酒，为每一件事物都打上属于自己的独特标签。

拓荒还是一个成长的过程，在荒芜越来越小的时刻，成长会变得越来越快，你会找到成长的方向，会发现成长的乐趣，会思索成长的哲理，会成长为你最初想要成为的那个人。

经历了劳作、创造、成长，心灵的荒芜尽去，心灵的慌张必然也将消失无踪，取而代之的，将是那些曾经缺失的事物，正确的方向，稳定的安全，隽永的幸福，和一个美好圆满的人生。

纠结与纠缠

　　长大成人之后，纠结与纠缠便渐渐变得泾渭分明，它们分居生活表里与心灵深处，在困扰生活折磨心灵的同时，一个砥砺着尚存的理想，一个摇晃着逼仄的现实，却也让一个人变得愈来愈坚强和成熟起来。

　　已经记不清第一次纠结于一件事的具体情形了，只是记得那种挥之不去的烦闷令人难以排遣，也记不得最后是如何绞尽脑汁地解决了这份纠结，只是记得当时那种豁然开朗的感觉令人如饮琼浆喜不自胜。

　　后来，随着年纪渐长阅历渐增，渐渐有了一套熟稔的处世方法，纠结的事情也变得越来越少了，可与此同时，纠缠却又如影随形地出现在了一个人的生命之中，纠缠并不是某件具象的事物，它只是一种源于心灵深处的感觉，有时是一分牵挂，有时是一丝怀念，有时是一片憧憬，有时又是一种恐惧，牵挂远方的亲人与朋友，怀念逝去的光阴与背影，憧憬依旧遥远的理想与渴望，恐惧终将到来的别离与衰老。

　　人至中年，不再纠结于一些芝麻绿豆般的小事，却往往纠缠在自己内心复杂的情绪之中，喜悦于一些水到渠成的成功，却又胆怯于一些难以避免的失败，譬如佝偻老去的父母，譬如早生华发的唏嘘，譬如无法舍弃的蝇营狗苟，譬如总在道别的旧时光阴，它们无时无刻不在一个人的心中隐现，将一缕纠缠的丝线系在心灵深处并打上了一个死结。

  但这就是生活的本质，这就是生命必经的历程，如果只是一味地想着抗拒与逃避、纠结与纠缠，便总会寻到百密一疏处探身而入，它们随物赋形随着你的情绪变幻不停，从无一刻消歇，但若你敞开心胸，接纳这些无孔不入的纠结与纠缠，始终保有着一颗平常心，用不动声色的喜悦看待这些调皮的孩子，那么，它们也必然会随着你的心绪变得平静而从容起来。

  生活纠结，心灵纠缠，只是因为自己给自己打了一个结，而打开这个结的秘诀其实也很简单，便是拈花微笑，平静相对，让纠结与纠缠在沐浴阳光的同时融化彼此便可以了。

客从何处来

客从何处来？当一个人在自己久违的故乡听到这个问题，会不会有一种深深的感伤与感慨油然而生呢？

愿你出走半生，归来仍是少年。所有人都明白，这不过是一个美好的愿望，半生已过，少年已变白头，不管你是否承认，相对故乡而言，你已经无比真实地成了一名陌生人。可是，你依然无法回答这个忧伤的问题。

客从何处来？你可以回答正是从此处而来吗？不可以，因为你已出走半生，人生的大把时光洒在了别处。你可以回答是自别处而来吗？也不可以，因为在别处你才真正是一名客人，半生时光仍不足以让你成为此处的客人。

梦里不知身是客，只因这梦无比真实，真实得让轻飘飘的时光也仿佛有了重量，坠着一分怅然的心情无处安放，可一旦梦醒，回到这根系深埋的故乡，恍惚间感觉到自己真的成了一名乡人口中的客人，那分怅然竟与离乡时并无二致，只是，这分感伤终于找到了可以安放的地方。

故乡，可以安放所有归人的思绪，可以安放所有被时光隔断的离乡之人寻觅血脉的渴求与憧憬，一草一木，一花一叶，都有着隽永的芬芳与亲切，因为，它们从未离开此处，也从未将一个离人归属为客，并用无比陌生的语言说出无比客气的问候。

客气是面对客人的态度，可是对于家人，客气只会产生隔阂与猜疑，如果你问你的家人是从何处而来？相信对方感受到的不仅有感伤，更有一种深切的冷漠。感伤可以化解，可冷漠会深入骨髓。

因此，如果你在家乡遇到一位面孔陌生的故人，如果你发现他面貌沧桑却双目含泪，如果你发现他表情平静却手足无措，那么，请你不要问他"客从何处来"，你只需走上前去，轻轻地道一声"欢迎归来"。

这位归乡人一定会对你说出许许多多无比真切而温暖的话语，因为，许多年前，离开家乡的那一刻，他就在等待着这一天等待着某位乡人迎他归来听他倾诉异乡种种了。

你的苦也许会成为他人的甜

　　这个世上，有许多乐于诉苦的人，他们将所有的挫败都归纠于命运，将有限的精力放在了如何将这苦传达给他人，这些苦，经过心灵的粉饰与口舌的搅拌，变成了一些略显滑稽的小丑，在所有旁人面前卖力表演，收获掌声寥寥，却引来暗笑不绝。

　　是的，你口中所谓的苦，一旦说出来，有很大一种可能性，会成为别人心中的甜。这甜并非柔软的幸福的事物，而是一种油腻近乎粘连的存在，你不会将苦分发给他人，不会让自身的苦减少半分，却会让别人都了解你的苦，你的苦会发酵成酒，醉了那些同样吃苦的人，让他们找到了平衡人生的支点。

　　在这个世界上生活，一个人无法永远是个孩子，某些苦累其实都是自给自足或者说是自作自受的，你性格中的弱点导致你犯了错误，你才会遇到那么多的挫折与不公，你无法成功也是有理由的，因为你没有付出成功所需的屈辱、低三下四或者是口是心非，你以为那是可以避免的，结果就是你的成功被避免了。

你的举手投足其实也不是想象中的美丽风景，而是一道难以言喻的抽象画，落入不理解不了解你的人眼中，便成了一味供人谈论的笑料。

这才是真实的人生。

真实的人生充满正能量还是负能量？这个问题的答案你一定知道得比我清楚。你觉得人生充满什么，那你会得到什么。

冷暖自知不是一句空言，因为冷和暖就藏在你的心里面，你的心里面藏着的那些苦，你说得再怎么天花乱坠，它们也不会对旁人伤害分毫，恰恰相反，它们也许会成为旁人的甜点，一边细嚼慢咽，一边微笑旁观。

世界是属于成年人的，它必然要遵守成年人的规则，成年人的规则是什么？是个体的平等与群体的不平等。

你的高矮胖瘦由你自己决定，你的等级贫富也是由此决定，作为个人，你保有着不容侵犯的尊严，但作为群体的一分子，你的尊严与苦难也许将会互为彼此。

你的苦是属于个人的，你将它分享，它就会转化成不同的模样，你的朋友会心生悲悯同情帮助，你的同事会敷衍安慰转身即忘，你的敌人会放声大笑四处传播，你身边的那些陌生人会充耳不闻或是一笑置之。

你的苦，也许就是别人的甜，所以，这些苦就不要四处播撒了，它们不是种子不会发芽不会开花，结出的果一定也是苦的，所以，还是把它们藏在心里吧，让心灵让它们一点一点融化，沉淀成晶莹咸涩的大海，充盈你充满抗争的心灵，让一切都如海一般变得包容而平静下来，这座海愈是宽广博大，海中的那些苦便愈是会浅淡素雅，它们啊，其实便是一座心海最初的缔造者与最终的统治者，只有那些拥有海的人才能知道它的可贵，才配将它们宣诸于口，以一种风雨过后晴朗而甜蜜的姿态。

你的苦，只有成了自己的甜，那些倾听的旁人，才能真正感知到你所经历的苦，体会到一种隽永而真实的甜。

你的生活被什么填满

　　你的生活被什么填满了？工作，家庭，日复一日的忙碌与浮躁，年复一年的琐碎与芜杂？是否还有缝隙和余暇点缀上几声鸟鸣与几朵花香？是否应该还有一角浅浅的留白安置一下跳动不安的心灵？

　　这么多的疑问都需要一个答案，都需要一些时间来解答，但是，你的生活是否留有思索人生的时间呢？这才是一切问题的根源。

　　一个人，必须拥有一段这样的时光，放下所有的功利，停下匆促的脚步，让这个世界也停止转动，在一个安静的能够听到时光流逝的地方思索一下生活的方向，唯有如此，心灵才能看清所有的过往，才能明晰未知的未来，才能让被填得满满的生活稍稍松动筋骨，在休憩中获得更多的力量与智慧。

　　充实的生活并非总在奔跑，而应是张弛有度，如同一幅山水画，必须有几处空荡的留白，只有留白才能解答那些疑问与迷茫，只有空荡才能收留那些浮躁与杂乱，在奔跑中砥砺前行，在停留时矫正方向，如此一来，才能杜绝盲目与疲沓，留存初心与自省。

每个人的生活其实并无长短之分，却有着优劣之别，那些被填得满满当当的生活深一脚浅一脚，机械一般运转着，看似前行实则在原地踏步，更有着迷失方向的危险；那些时快时慢却有着优雅节奏的生活不徐不疾，如同跳一支舞唱一首歌读一本书品一盏茶，与生命的律动融洽和谐，看似速度缓慢却在不停前行，而最重要的是，它的方向永远不会迷失。

一声鸟鸣有用吗？一朵花香有用吗？你不知道它们的用途，是因为你已经迷失了自己，将自己和这个世界分隔成了两半，活在了自己的小小世界里，被那些炫目的功利填满，被那些虚饰的繁华诱引，在所谓的努力中消耗着生命中那些真正宝贵的事物，譬如亲情、理想、责任。

清理出那些芜杂，给自己的生活留一处小小的空间吧，将时光留下来，让自己融入这个世界的辽阔与悠远，如此一来，你的生活便不会因被琐事塞满而日渐逼仄了。

收藏一座车站

世上人年岁愈长，便愈是喜欢收藏，收藏旧书旧报，收藏旧相片旧信笺，我却有着不一样的喜好，乐于收藏一座座匆匆而过的车站。

悠游人间，总不能只凭双脚丈量，总要借助各种各样的车辆，于是，人的一生之中，便有了许许多多留下履痕的长途汽车站、火车站、公交站，一座座车站或人声汹涌，或冷冷清清，或金碧辉煌，或陈旧破败，可是，这些年来，我一一经过它们，短暂驻足，长久分离，却借助包裹中的相机与手中的纸笔记录下了一个个值得永久铭记的瞬间。

年月日已不重要，阴晴雨只是背景，春夏秋仅供回忆，看着一张张泛黄的相片，读着一篇篇朴素的文字，脑海回旋起某一时刻的某座车站，那么多的陌生人，那么多的彷徨与希望，那么多的起点与终点，上车，下车，疾行，缓步，途径车站的缘由早已无法考证，一座座岿然不动的车站却给了我所有抵达与离别的答案。

或许，一个人生来便是旅人，身体与心灵，总有一个要在路上，所以，才会有着那么多驿所一般的车站在默默等待着你我，它们白日里热闹喧哗，入夜后宁静温暖，总是敞开一扇四四方方的门，接纳着五湖四海的旅人，迎来送往，乐此不疲。

　　收藏人生中所有的车站，其实便是收藏了那些前程未卜的忐忑，收藏了那些倦鸟归巢的安稳，收藏了那些散乱而真实的心绪，收藏了那些迷失又清晰的过往。

　　我相信，就在某一座被时光湮没的车站里，藏着那个稚嫩而胆怯的少年郎，藏着那个疲沓却勇敢的青年人，藏着那个沧桑而坚定的中年人，藏着那个缓慢而平和的老人，藏着那个被岁月丢在身后的自己，当你看到他们的时候，除了泪流满面，是否还有一丝莫名的惊喜呢？

　　而在车站之外，还站着一个如今的你，目光安详，面露微笑，用手中的相机或是一支笔，一点一点将这座匆匆路过却永远无法遗忘的车站悄悄地收藏起来。

素简之冬

没有哪一个季节如冬季一般素简和真实。

春天尚存稚嫩，夏天充斥焦躁，秋天略显落寞，唯有冬天，一切事物都回归了缄默，回归了朴素与简洁，不必再发一言，只余下简单的心灵，便能在孤独中生长出富足，在思索中衍生出光明。

冬季有雪，雪便是冬天的外衣，这件外衣纯洁朴素，外冷内热，具有涤洗尘灰与清洁芜杂的功效，可以将一切色彩杂乱的记忆一一清洗整理，可以将所有生命中出现过的事物再次擦亮，让它们散发出属于自己的光芒。

冬季有风，风便是冬天的足迹，深夜驻足窗前，便能见证室内人的一枕黄粱，清晨停留耳际，便能倾听一个人内心深处的种种渴求，冬风所到之处，带来雪的消息，唤醒梦中的你我，让点点滴滴的平静浇灌在一个人内心的土地上，让素简之花生根发芽。

冬季有月光，月光呈现出了冬天真实的模样，没有哪一个季节的月光如冬天一般清冷与皎洁，有雪的夜晚，月光与雪彼此相依，将天与地融合一体，无雪的夜晚，月光映在青石上，映在寒潭中，映在一个人熟睡或是辗转无眠的脸庞上，所有被月光覆盖的事物都会变得寂静而温暖起来。

冬季有开在雪中的花，冬季有眠于风中的生命，冬季有披着月光奔跑的人，无论动与静，无论温柔或是坚硬，在冬天的素简包裹之中，世间万物都呈现出了久违的真实。

真实，永远是最令人感动的事物。在冬天，流一滴泪会凝结成冰，在冬天，说一句话能氤氲一朵云，在冬天，一举一动都缓慢而坚定地存在着，在冬天，跳跃的心灵也会不由自主的平静下来。

生命中总有冬天，但需记得一点，如若寒冬来临已不可避免，那么，除了它的寒冷会让你偶尔瑟缩不已，还要记住，要在它的素简中砥砺心灵，洗净灵魂。

盈缺之美

狂喜之后，总有一声叹息，叹息这短暂的喜悦与恒久的期许；挫败之后，总有小小收获，庆幸这难得的体验与深刻的思索。

盈满的时光总是转瞬即逝，渐渐补缺的岁月才是不变的存在。看往事点滴朝着高远的未来进发，所有的画面都因为色彩的缺失而变得黑白分明，每个人都在匆匆路上甩下一串足印，却只有在远离之后才会被怀念与记起。

缺憾的岁月伴随了我们的一生，它让我们无法停驻在某一处，无法尽赏沿途的美景，为了弥补缺憾，我们马不停蹄，即使忧伤失望，也必须坚强地走下去，走向那个高远的地方。

那就是理想，盈缺之美正在于此。理想是缺憾遗下的种子，却用来填充缺憾，源于缺憾的理想生长出盈满，正是世间大美之道。

在世间所有的平凡面前，理想正是化腐朽为神奇的那根魔棒，信手一指，便开始了蜕变与张扬，虽没有点石成金的神奇，却有着随物赋形的从容。

世间盈缺，其实也如阴阳般互为彼此，只有在不停地转换中才能迸发出异样的美丽，那些逼仄之事其实便是钻入了盈缺的牛角尖，看似方向不变执着理想，实则是丢失了从容迷乱了心灵。

只有一颗平常心，才能静对那些纷繁世事，只有一颗简单心，才能笑面那些琐碎杂乱，也唯有如此，那些人生无常才能化作平常疏淡，那些愤怒狂躁才能瞬间风平浪静，而你我平凡世人，才能用心感知盈缺之间蕴藏的天地大美。

天地有大美而不言，四时有明法而不议，万物有成理而不说。其实，虽然不言不议不说，却已经有千言万语回荡在天地，经行过四时，润泽过万物，因为，盈盈亏亏本就是世间常态，纵然只余下静默与思索，却已足够打动人心了。

若爱盈满，必不舍缺憾，若静对缺憾，必可得盈满。明白了这个道理，则世间之美尽可收入眼底，人生之路亦必然异彩纷呈了。

远方自由　近处从容

　　去远方寻找自由，每个人都会在做出这样一个决定之后一身轻松，在接下来由近及远的人生中，一串串脚步让一个人的目光与心神得到了放逐，甩开那些拘束与负累，一个人走向远方，用最纯粹的目光去感受路途上的种种际遇，不再把简单的事情想得复杂，只是将复杂的事情看得简单。

　　如果说远方需要释放激情，那么，在近处则要感受从容，无论走得多远，心灵都在离我们最近的地方跳动着，事实上，与身体的远行相比，内心的对视才是更接近生命真谛的事情，让心静下来，让一缕光或是一阵风进入灵魂，身旁的一切才不会让人感到疲倦或是焦躁，只有从容面对身边的一切，以接纳的心态替代过往的防备与不安，生命才算是真正站在了辽阔的远方。

　　如果说远方是黄钟大吕的豪情绽放，那么近处就是纤云弄巧的灵慧拨弄，两者之间并非远隔千山，而只是纠结在一念之间，一念远方，一念身边，远方自由，近处从容，世人所向往的，难道不就是这样一种从容的自由与自由的从容吗？

事实上，远方与近处正是互为彼此的同一事物，向往远方是源于对近处的疲倦，回归内心则是因为感受到了远方的陌生，远方虽然辽阔却一片空白，近处虽然逼仄却充满了牵挂与爱，远与近，空荡与盈满，是人生的两极，却都同样不可或缺。

在某一天，那些远行的人终于会回归起点，那些复制着简单生活的人终于要游历远方，只是，他们的行程并非是孤独的单行线，而是一个盈满的圆。

远方与身旁组成了我们生活的这个世界，辽远处可以包容我们所有的不安，细微处可以砥砺我们所有的成长，当每个人都学会了包容他人与砥砺内心，生命必将凸现出它应有的价值，生机勃勃，熠熠生辉。

珍爱时光中的孤寂

时光具有种子的属性，它根系潮黄，叶润光泽，躯干斑驳，果实浆满，伴随着成长的时缓时急，它的心绪也会变得或荣或枯，深藏体内的年轮记录着或圆或缺的心事，暗流汹涌的树脉经营着明暗不一的人生，它有着与人一样的性情与聪慧。

在每株人生之树面前，总有这样一段孤寂的时光，它氤氲光阴，静若处子，与缥缈的时光不同，它是有重量的事物，会在每个人心头压上一块阴影，用丝丝沁人的凉意让心灵的律动变得韵味十足，它会将躯干的生长速度放缓，将光阴锁入思想的牢笼，酵解琐事，析现精华。

1922年3月，22岁的奥地利小职员弗兰兹·卡夫卡独处于狭小的公寓中，窗外已近黄昏，人声喧哗，流光舞动，但一切却在窗前戛然而止，中年卡夫卡此前已经拒绝了两次婚约，习惯了与孤寂相伴，在那个阴沉的黄昏，他铺开稿纸，开始写一个关于城堡的故事。此时，窗外有无数城堡，窗内亦是一座城堡，笔下是城堡，心中亦有一座城堡，但是，孤寂时光的环绕中，卡夫卡永远无法进入任何一个城堡。

这个悖论伴随了卡夫卡的一生，让他的人生充满了孤寂的时光，孤寂压垮了恐惧的卡夫卡，却也让他在不停地拒绝中学会了倾诉，他笔下那些诡异、怪诞、矛盾的情境最终转化为了力量，转化为了一种爱。

尘世终将如昨，时光次第更新，卡夫卡，这位孤寂时光的代言人，在躯体消失之后的许多年里，依然继续着人生之树的生长，为无数钟情文字的人分娩出获取新生的密钥，而他充满谜一般力量的灵魂，也依然在孤寂中一点点成长着。

卡夫卡告诉我们，任何有意义的倾诉都必将是孤寂的，因为孤寂，才能让心灵进入灵魂，因为时光流淌，才能让孤寂被赋予更为深远的意义。光与影的变换中，无数人的正面与背影交织，那些看得见的、看不见的，事实上都一直存在着，生发着，结绳记事，绾结数典，所有孤寂都会在幻灭的假象中迸发出生命的原力，低眉垂目，开一朵向阳花，颓唐气沮，唱一首无字歌，孤寂背后，原来是光。

1947年5月，上海的一座寓所内，27岁的张爱玲写下了人生中最为重要的一段文字，彼时，窗外炮火纷飞，室内烛光灰暗，一生惧怕孤寂的张爱玲在这一刻接受了命运的安排，从此藏身孤寂，萎谢尘世。

一个月后，远在浙江的胡兰成收到了张爱玲的诀别信，信中写道：我已经不喜欢你了，你是早已经不喜欢我的了。这次的决心，是我经过一年半长时间考虑的。唯彼时以小吉故，不欲增加你的困难。你不要来寻我，即或写信来，我亦是不看的了。书写下这段文字时，张爱玲是否垂泪心伤已不得而知，但彼时时光的孤寂与绝望却已透过文字传递到了每个人心中。

旷世绝恋敌不过孤寂时光，即便才华如锦，在光阴淘洗中终会化作枯灰朽尘，分手之后，张爱玲文采尽失，再也写不出《倾城之恋》这般留传人世的文章。但是，总有些事物会被留存下来，事实上，也正是到了此时，张氏文字中那些旖旎中暗藏的深刻，细腻处积淀的沉重才被真实地展现出来，与文字的有形无力相比，尘世中的孤寂与疼痛才是将人生这部大作推向极致的最终力量。

相似的孤寂总在人间的许多角落中逡巡不已，那是双目失明的博尔赫斯在图书馆中面对海一般的书籍，是双耳失聪的贝多芬在午夜聆听敲打灵魂的命运交响曲，是坐在轮椅上的史铁生在芜杂的地坛公园行走与思考，那是对这个世界无言的深沉之爱。

与孤寂的旧日时光相对时，文字总是显得那么无力。我想，或许只有源自内心的珍爱，才能擦拭干净这一段生命中的孤寂时光，显露出它清水般的模样，用它洗涤人生之树会愈显郁葱，用它滋养灵魂之光会更加闪亮，这一点，其实，无关命运，只关乎爱。

知足之后方知不足

　　同事老李常挂在嘴边的一句话就是"我知足了",这句话在老李连评三年高级职称总是铩羽而归后出现过,这句话在老李把一项工作搞砸仰天长叹自认失败之后出现过,这句话在老李婚姻失败黯然离家之后出现过。

　　因为老李总是自称"知足",那些初识老李的人很可能会被他的豁达所欺骗,却不曾探究老李在喊出"我知足了"的时刻总是伴随着失败、沮丧与无奈,只有熟悉老李的人才会发现,伴随着老李的一次次"知足",他的工作日渐平庸,他的家庭宣告破碎,他的人生也渐渐没有了色彩与生机。

　　老李真的"知足了"吗?答案是否定的,因为,他知足之后不知不足,所以,他只能用"知足"掩饰内心的脆弱与不安,他的生活才会遇到那么多的挫败。

　　什么是知足?知足应当是历尽沧桑后的云淡风轻,应当是砥砺奋进后的休憩感悟,应当是历经失败后的自知自省与自我修正,而老李将一句"知足"挂在嘴上当成了挡箭牌，不过是一次次拙劣可笑的伪清高而已。

真正知足的人，应当是在知足之后知不足，明白了自己的短板与盲点，知晓了未来的方向与希望，唯有如此，才能以一颗知足之心弥补自身的不足，才能拥有一种真正知足常乐的生活。

后来，眼看着老李口中挂着"知足"，却终日无精打采长吁短叹，一些知根知底的同事朋友对他郑重地谈起了"知足"这个词，并在这个词之后加上了"知不足"三个字，一番苦口婆心的开导之后，老李终于认识到了自己的问题，并在大家的帮助下开始了改正。

如今，老李复了婚，工作也勤勉了许多，谈起当时自己的"知足"，老李总是红着脸说："应该是知足之后知不足，知道不足才能得到真正的知足啊。"

知足之后知不足，知不足才能补不足，补了不足才能知足，人生漫长繁复，常常感到纠缠难解，其实，生活中所有问题的答案就在这三句略显绕口与嬉笑的话语里面。

窗内日月悠悠长

  写作的电脑旁是一扇大大的落地窗，清晨，阳光倾泻而下，黄昏，晚霞流光溢彩，即使是在短暂的正午，它也能引一抹灿烂的阳光探身而入，悄然抚弄室内那些简单的陈设，茶几、沙发、酒杯、书，这些一成不变的静物，被阳光笼罩着，甚至将心中的阴影也被压在了它们薄薄的身下。

  我最爱者，却是在凉意袭人的午夜，月光流苏潺潺着，仿佛一条清澈的溪流，将深蓝色的窗帘一角轻轻挑起，一缕清风便是月光的触手吧，它悄然而来，便驻留不去了。

  白日的种种在夜晚的海面上浮现，让我心中的文字逐渐排列整齐，成为一只船的模样，引爱为帆，聚光作桨，将白日里的种种努力与奋斗沉淀成记忆，幻化为一对透明的翅膀，带着心灵飞翔起来。

  那扇隔开我与世界的窗，此刻更像是一面镜子，映照出彼此的真实与虚假，从拥挤的人流中抽身而出，孤独也显得如此高贵而安谧，或许，心灵就是如此多变吧，需要抱团取暖，也需要独处冷静，再丰盈的人生也会需要一扇可以凝望日月或者对镜自省的窗。

想起父亲母亲,想起妻子儿女,想起那些平凡如同一杯白开水的话语与琐事,想起那些走过路过又错过的风景和人,恍惚间,透明的窗竟渐渐消融于无,窗内日月与窗外天地也融为了一体,那些流动的文字就是如此自然而然地萌发而出,拔节而起,开花结果了。

生命中的光荣总是转瞬即逝,只有那些最平凡的会成为永恒,一扇如此普通而渺小的窗,竟也能轻易地让我与繁大的世界短暂隔绝。其实,我心中明白,我并未与世隔绝,因为世界本就是一扇扇窗组合而成的,无论这扇窗立在高高的楼顶或是藏于深深的心底,它都隐匿不住那些憧憬的目光,那是一个人存在与存在过的证明,也是一个人高贵与卑微的分界线。

常常会一个人在窗前流连忘返,俯视着大地上忙忙碌碌的芸芸众生,仰望着蓝天上悠悠游游的白云苍狗,那都是些被时光镀过色彩的生命,却因为高度的不同而呈现出迥然的姿态,或许,这是物竞天择的属性吧,也或许,这便是大地厚实与天空深邃的真实呈现吧。

如果,这高到辽远与低至尘埃的两者会有一次推杯换盏的交谈,我想,一定会是这样的。

"天空,为何我总是抑制不住凝望你的目光,我究竟是在寻找一片云还是一颗星辰?是在寻找一只目力不及的飞鸟还是一缕无形无质的清风?"

"大地,我只是一只巨大的眼睛,我的使命就是凝望着你,那些低到深处的尘埃,不会因为飞到天空便更具价值,它们是一粒粒种子,只有扎根大地才能生长出高度,而我是他们的念想,你是他们的母亲。"

如果,天空与大地之间也会有一扇窗,那么,在它们彼此的凝望之下,这扇窗或许就将书写出一本厚重的书,我想,书中所述,尽是些理性的思索与感性的情感吧,因为,这便是所有的生命存在的意义所在。

秋天的雁阵在天空书写着一个字

又一个秋天如期而至，大地上忙碌的人群，会被一阵不期而至的凉风悄然唤醒，他们会在此刻以一个相同的姿势举首望天，仿佛是一种冥冥中的约定，大地上每一个角落中的每一个人，都会在高远的天空发现一座仿佛已凝固许久的雁阵。

雁字成人，这些平凡的生灵在南飞的过程中如一个传奇般固执书写着一个似乎与己无关的汉字，如一支蓄力远飞的利箭，刺破苍穹，刻画时光，在秋的苍茫与杳渺中唱响一曲悲怆的歌，涂鸦一幅高古的画，它们却不知道，自己这似乎并无寓意的羁旅，却被大地上那些遥望的目光赋予了深远而澎湃人心的意义。

渔舟唱晚，响穷彭蠡之滨；雁阵惊寒，声断衡阳之浦。王勃的千古绝唱《滕王阁序》有这样关于雁阵的句子，傍晚渔舟中传出的歌声，雁群感到寒意而发出的惊叫，回荡在生命与季节的交响之中，令人感受到有形与无形，触摸到生命与虚无，宠辱皆忘，喜忧俱消，剩下的是一片空白与辽阔，一派高远与深邃。

马蹄乱踏西湖雪，雁阵平拖塞北云。我亦懒谈今世事，自看吊古战场文。仇远寄友的一首诗同样有雁阵出现，因为观看了雁阵远去，诗人竟看淡了古今之事，站到了哲学人文的高度，或许，诗人正是从坚定而浪漫的雁阵之中找到自己一生追寻的那个理想了吧。

　　尽管有着亿万双眼睛驻足观望，但天空的雁阵却似乎并无一刻停留，它们穿云破雾，迤逦而去，明明是数目众多，却显得如此孤独，或许，是天空的高远反衬出了雁阵的渺小吧，但也或许，正是雁阵的渺小才加重了天空的辽远吧，或许正是天空每一个不为人知的角落中雁阵的执着远行才勾画出了如此动人的场景，而它们展示给大地遥寄于人群的这个字或许正暗合着某种想要表达的思念与寄托吧。

　　北雁南飞，南雁北归，时光变幻中，或许大地上的人们看到的已不是同一群雁，而它们究竟是回归抑或是出行其实也并不重要，因为所有人目光的焦点都会凝固在那个大大的"人"字上面，久久地凝视天空的雁阵，目送着它们由远及近，又由近及远，聆听着天空中传来依稀的雁啼与风声，或许，就在不知不觉之间，就已经能够明白一个人存在于世间的全部意义所在。

第四辑　越变越小的理想

越变越小的理想只是一种假象，因为，有一根无形的丝线一直将它与人生系在一起，就像远隔万里的亲人与故乡，时日愈久，思念也愈是醇香，它虽然越来越小，却也有着越来越大的能量，在沉默中为我们指引着方向。

把生活酿成一杯酒

过了少不更事的年纪，渐渐地，激情开始消减，生活变得从容起来，也常常有了一些感悟。我总感觉，如果把多彩的生活作一个比喻，它便恰似一杯酒，初尝味极辛辣，但在经历一段不适之后就渐渐适应了，它也逐渐变得香醇，后来更成了不可或缺之物，其实，人生的意义都要在生活中实现，人生的果实都需要生活来滋养，人生在世，日复一日，恰如在酿一杯合乎自己口味的酒。

大人物要酿烈酒，这样才能助长一腔豪情，艺术家要酿美丽变幻的鸡尾酒，这样才能灵感频发不觉腻烦，企业家要酿余味悠长的女儿红，这样才能在竞争激烈的商场上保持一个清醒的头脑，男人要酿白酒，女人要酿红酒，老人要酿清酒，孩子要酿果酒，我们每一个活在红尘中的人都要酿出一杯属于自己的酒。

当然，只会酿酒是不够的，我们还要学会品酒，酒中的苦涩甘甜正是生活的精华沉淀，生活在历经岁月发酵之后便成了记忆，我们在细品的同时就会逐渐看清自己的人生，看到那些曾经的错误、沮丧与失落，看到那些曾经的成功、快乐与欣慰，淡然一笑或是轻声一叹，最后把自己醉在这杯生活酿造的酒里，心头就会有一丝明悟悄然亮起。

细品人生这杯酒，给我们留下深刻记忆的都是一些难以忘怀的事物，无论是第一次独自面对陌生，还是第一次品尝爱情，是第一次感到人生无常，还是第一次触摸感受生死，五味杂陈的人生之酒都会为我们留下一种滋味，让我们细细品味，永不遗忘。

其实，在酿酒的过程中，往往人并不自知，但在品酒的过程中，人们却总会情不自禁地迷醉，我想，这十丈红尘百岁流年，只有活成了一杯酒，才能真正体会到生不虚度的感觉，才能真正感受到人生的美好与从容，那么，就让我们把生活酿成一杯酒吧，像一个真正的酿酒人，用五彩的生活作为配方，添加上自己独特的味道，活出自我，笑面人生。

冬日读书意融融

寒冷冬日，人们外出的时间被压缩，相应地留在室内的时间变长了。这时候，很多人都会不约而同地捧起一本书。

冬天是个适宜读书的季节，窗外少了风吹叶子哗哗作响，眼前没了喧嚣人流四处游走，尘土落地，寒风长吟，星辰静谧，月光清冷，此时，手捧一本书，窗外的寒冷与室内的温暖相映成趣，现实的生活与书中的世界变幻交融，人生韵味，尽在其中。

若手中是唐诗宋词，常常能感受一种高古的情怀。"墙角数枝梅，凌寒独自开"是不是让正在静静读书的你心中开出了一朵花？"孤舟蓑笠翁，独钓寒江雪"，手捧书籍的你是不是与诗中老翁有着共同的感触与意境？"晚来天欲雪，能饮一杯无？"是不是沉浸在书中的你胸中也会涌动出一股豪情？

若手中是散文随笔，常常会感受到烟火家常中一种不同寻常的美。那些随处可见的事物竟孕育着如此的美好与从容，那些转瞬即逝的小小过往竟也在堆积着如此多的因果与循环，那些擦肩而过的匆匆过客竟也在彼此生命中有着短暂却永恒的烛照光明，用心读书，每一字每一句竟然都在冬天的寒冷中散发出了动人心脾的温暖。

若手中是小说故事，是心灵鸡汤，常常便会从中找到许多一直在追寻的问题的答案。每个人的生活其实都是一部传奇，春夏秋是忙碌奔波的季节，冬季则是停下来回首观望的季节，在冬天读这样一本有着人物有着故事的书，常常便会在书中找到某个时刻的自己，会帮助现实中的自己找到一条驱赶寒冷与迷雾的道路。

比冬天还冷的是什么？是心灰意冷。

而一本书在冬日恰恰便能温暖一个人的心灵，它能在一片寒冷中为心灵燃起一炉火，发散一室香，能在每个清寂的冬日为生命覆盖上一片温暖的阳光。

耳心的大海

在遥远的童年，有人送我一只大海螺，他告诉我，把耳朵对准海螺张开的口，就能听到大海的声音，我把耳朵凑近，很快，海螺中果然传来了连绵不绝的呜咽声，多年之后，当我终于来到向往已久的大海面前，竟然发现，海潮的声音与那只海螺传来的声音毫无二致。

这大概是童年关于未知事物的想象中最真实的一件事吧，当那些纯真的童话被现实一一击碎，当那些美好的愿望一步步被现实扭曲，当雨后天空美丽的七彩虹桥总是可望而不可即，当神秘森林藏有一座城堡的大蘑菇只能存于想象，只有这耳心的大海，从遥远的时光深处缓缓流淌而至，潮涨潮落，它的声音始终真实而具体，岁月流逝，那种感觉却历久弥新，那份源于童年的珍贵憧憬与希望，深深地烙印在了灵魂的最深处。

如今，那只大海螺早已不知去向，但它传递而来的大海潮声却仍然常常在我的梦中浮现，细细思量，我发现，海螺的形状竟然与耳朵有着许多的相似，都是蜿蜒起伏却曲径通幽，都是漫无边际却殊途同归，我怀疑，耳朵也是一只藏有大海的海螺，或者说，那盘旋曲折的耳蜗就是连通大海的通道，虽然不是一帆风顺，却总有呼唤的声音在源头等候，引领着我们去追寻与坚持。

我想，这也是大海的属性吧，表面上波澜起伏，内底里却宠辱不惊，包容一切的胸怀与接纳成败的淡然，随物赋形的智慧与搏击天地的强大，或许，一个人只有真正懂得了海，才能真正懂得人生。

因为，每个人其实也是一座大海，耳心深处就是潮汐起落，那些关于理想与情感的付出，那些关于岁月与时光的积淀，那些难以言传只可意会的成长，都是大海成长壮大的过程。

耳心的大海，孕育着纯真的理想，盈满着追寻的力量，如果你感觉到外面的世界是无奈而坚硬的，那么，就请你回归耳心的大海吧，这里一切会再次给予你接纳挫败的智慧与面对一切的勇气。

孤独是一味良药

人人都不喜欢孤独，我却觉得，孤独并非那么讨人厌，事实上，在这个日渐浮躁的社会，偶尔地陷入孤独，往往会起到意想不到的作用，从某种意义上来说，它会成为一味良药。

这味药可以医治心浮气躁。当你在职场失败时，当你在情场失意时，当你身处是非的旋涡中不知所措时，当你心浮气躁即将做出错误的决定时，你需要咀嚼一下"孤独"这味药，因为，只有在一个人的时候，你才能暂时远离那些令你浮躁的事物，静静地思考如何面对这一地狼藉，也只有在一个人的时候，你才能做出最正确的选择，走上最光明的那条大道。

这味药还能医治心灰意冷。当你对未来没有了希望时，当你对一切都失去兴趣时，当你觉得生活只是简单复制，人生变得了无趣味时，你需要"孤独"这味药，它会让你重新找回久违的"味觉"。咀嚼"孤独"，你可以品味到许多不一样的滋味，那些久违的平静、喜悦甚至忧伤，都会在孤独时悄然泛上心头，让你的内心逐渐变得澄澈一片，让你灰暗的双眼重新绽放出光彩，让你的心灵不再迷失方向。

　　有了这味药，你会发现，人生其实并非枯燥无味，生活也并非复杂烦琐，一切都会在孤独时显露出它的另一面。在孤独时，你会发现，那些职场上的明争暗斗正是促使你不断提升自身能力的动力源泉，那些家居生活中的鸡零狗碎正是你维系亲情责任不可或缺的温柔考验，那些看起来难以解决的难题其实正是一扇通向成功的大门，当你明白了这一切，你的焦躁不安与黯淡落寞就会在顷刻间烟消云散。

　　有了这味药，你会发现，一切都会变得简单起来，你不必费尽心思去思考如何面对那些无处不在的压力，你不必总是为自己犯下的小小错误而耿耿于怀，在孤独时，我们面对的，只有自己真实的内心，我们可以从容地与自己交谈，梳理那些逝去的往事，发现它们的珍贵之处，将那些美好一一收藏，我们也可以看清每一个曾犯下的错误，将它们一一记录，提醒自己不要再犯。

　　我想，我们每一个人都需要孤独这味药，我们也需要经常咀嚼一下它的滋味，因为，它最终医治的，是我们的心。

生命需要一束光

光是这个世界上最纯粹也最复杂的事物，它为万物描摹形状，为天地划分黑白，为岁月注解真伪，但它本身却是虚无的，它的存在似乎只是为了证明其他事物的存在，在某种意义上来说，它是哲学意识上的一种辩证存在。

物理学上，光是波状河流，可贯通宇宙，烛照尘世，文学描述中，光是灵魂战车，可横亘古今，直抵内心，在每个俗世凡人的心目中，光是温暖，是安宁，是治疗恐惧的良药，是陪护孤独的朋友，是与每个漫长黑夜遥遥相对的希望之眸。

我想，光其实就是我们内心最深处的眼睛，大多数时候它都深深匿藏无声无息，任由红尘喧闹嘈杂或是寂寞无声，但是，它爆发时所展示出的力量却是震撼而惊艳的，在那一个瞬间，强烈的光会让一切存在变得虚无，只余下最耀眼最纯净的真实，光会剥落所有的声音与色彩，只把一粒属于你的希望的种子留下来。

众所周知，只有生命才能感知光明与黑暗，而最初懵懂的生命就像一粒种子，种子埋在泥土里，四周一片黑暗，但在它生长之后就会冒出泥土沐浴在阳光下，因为它的内心总是渴求光明的，从某种意义上来说，光就是生命的种子，伴随着它的强大，黑暗也会变成光明的一部分，虽然黑暗可以隐藏万物，让万物化为黑暗，但在强大的光明面前，黑暗除了藏入其中并消散无形，便再没有了第二种选择。

我想，只要每个人内心光明的种子都在健康地成长，那么，再多的黑暗也无法阻挡光的脚步。在这个时候，光便是滋养我们生命的有源之水，是我们正视自己的一面镜子，是我们穷尽一生都在追寻的终极幸福。

每个人都是扎根大地的风

一

　　天空中总是有风的，你感觉不到，是因为你站得还不高。
　　风吹在身上，会让你产生两种感觉，一种是飘浮，一种是寒冷，飘浮是因为你的根扎得不够深，寒冷是因为你的心飞得太远了，灵魂因为盲目的追寻而缺失了温度。
　　总有一天，你会被风俘获，成为它的一部分，成为一缕扎根大地的风。每一个尘世中游走的人，其实都是扎根于大地的一阵风，在碰撞中改变方向，在速度中迷失自己，因为总是憧憬着天空，所以探索的目光总是不停地向上，开拓着未知的疆域，却忽略了维系着你四处游荡的根系，它总是不停地向下，探索着深邃的内心，那里的疆域更为深远、广阔、未知。

二

　　大地上也是有风的，你感觉不到，是因为，你本就是风的一部分。

　　命运就是催生出风的源泉，当你独特的命运在时光流逝中露出它本真的模样，你就会感到风。如果在这一刻你心存喜悦，你就会凝结成一道风景，在根系的滋养下熠熠生辉；如果在这一刻你心有悔怨，你便会散落一地，但一切并未结束，大地深处那些沉默着的根系会牵引着你，与它们重新融为一体。

　　一切仍在继续，甚至连死亡都不能阻止，因为，只要大地还在，风就会从大地深处涌动，幻化成这个世间的人。

三

　　有看云的人，有看天的人，但是，没有看风的人。

　　风没有形迹，缺失颜色，嗅不到一丝味道，那么，你如何知道它的存在呢？

　　因为，它会抚摸你的脸颊，它会撞击你的胸膛，它会让你感觉到心痛，会让你感觉到困倦，会让你五味杂陈，会让你身后的背景闪电般变幻，这一切，都是因为它根植大地。

　　大地上没有风景，是因为你太过熟悉，它是你的家，生养你的身体，塑形你的灵魂，却也拘束着你的视野，指引着你的方向。

四

　　根植大地是幸福的，遨游天空也是幸福的。

风便是牵引大地与天空的信使，夜晚，它吹熄阳光，遮掩喧嚣，落下黑幕，清晨，它清扫黑暗，收集寂静，放出声与光。

　　大地上的每一个人，总觉得这一切都是那么地遥不可及或是事不关己，却不知道，自己就是这风。而变幻的生活，则具备了大地的属性，复杂易变，却又包容接纳。

　　当我们明白了这一切，就会安于命运的安排，将根系扎得更深，将目光放得更远，并逐渐体会到幸福的味道。

莫钻死胡同

一个人，千万莫钻死胡同，死胡同里，没有出路。

一个人钻进死胡同，往往也不是一时冲动，反而很多是经过深思熟虑之后做出的决定，要怪就只能怪那条死胡同距离脚最近，还装饰了茂盛的鲜花，最最重要的是，死胡同往往都一眼望不到头，因为望不到尽头，所以不知走错了方向，不知没有了回头路。

站在死胡同面前，首先钻进去的，是头脑中盘旋的思想，是思想中那些自我安慰的借口与理由，是主观战胜了客观，是私心战胜了公德，是侥幸战胜了按部就班，于是，死胡同最初带来的迷惑与警惕渐渐淡化于无，化作了一意孤行的固执与一文不值的所谓坚持到底。

走进死胡同，便与出来的路渐行渐远了，人总有奇怪的心理，宁愿相信未知的前路也拒绝再走一遍熟悉的来路，总认为走过的路便没有了意义，却殊不知，走过的路隐藏着许多不曾察觉的事物，若有勇气回头，若有智慧察识前路，就会发现前方是条没有出路的死胡同。

可惜的是，人往往不会回头，于是，便有了一头扎进死胡同，不撞南墙不回头，撞了南墙也回不了头。

那么，死胡同里有什么呢？除了当时走投无路病急乱投医之外，死胡同一定还有着某种具有吸引力的事物。窃以为，那一定是一种逃避责任推卸责任转移失误稀释过错的考量，是一种以己度人以斑窥豹拒不认错的执拗，死胡同给了自私懒惰和过失错误一个完美的出口，便吸引着一个对此有着需求的人一头扎了进去，只是，那个人不知道，这个所谓的出口只有进口，却没有了真正的出口。

最好的选择便是莫钻死胡同，要做到这一点，就要站在死胡同面前扪心自问，好走的路是正确的吗？美丽的路是光明的吗？方向错了，坚持还有意义吗？这些问题的答案会让你做出正确的选择。

面对死胡同，想想初心，念念未来，一切虚幻自然烟消云散。

你我都是他人的环境

马云说，一根草绳丢在大街上是垃圾，绑在大白菜上可以卖白菜的价格，绑在大闸蟹上就是大闸蟹的价格，所以 21 世纪看你与谁捆绑在一起！这句话说得在理，但却是有条件的，条件就是草绳是个小物件，它必须要放在一个相对而言的大环境里，才能融入其中成就价值。

事实上，马云自己就是一根不折不扣的草绳，从小功课就不好，初中考高中考了两次，高考三次才勉强进入杭州师范学院，到了大学，他唯一的一项特长才终于派上用场，就是英语，正是凭借流利的英语，马云成了学生会主席，得到了大家的认可。

其实，马云英语好的原因很奇葩，竟然是"爸爸骂我，我就用英语还口，他听不懂，挺过瘾，就学上了，越学越带劲。"

在教育儿子这件事上，马云性格火暴的爸爸营造了一个让儿子很难反抗的环境，马云除了用爸爸不掌握的知识还击并无他法，于是，看似阴错阳差，实则顺其自然，马云成了英语大拿。

大学毕业后，马云和朋友成立海博翻译社，为了应对高额支出，他一个人背着个大麻袋去义乌，卖小礼品，卖鲜花，卖手电筒。在周围人看来，身为教师的马云去摆小摊，无疑是件傻事，但结果却是马云用两年干成了这件傻事，不仅养活了翻译社，还成了全院课程最多的老师。如今，海博已是杭州最大的翻译社。

究其原因，还是因为义乌这个地方的环境。在义乌，利润都是以厘计算的，所有人都精打细算，都是纯商业化的人，离开了学术气氛浓厚的校园，融入了商业气氛浓厚的义乌，马云获取的利润能养活翻译社只能算是及格而已。

如今，马云成了名人，从一根需要借助环境的草绳成了身价昂贵的大闸蟹，他的一句话就能影响无数人，他也在无形中成了别人的环境，他在自己营造的环境中传递的积极信号让成千上万的年轻人拥有了自信与智慧，并将这种正能量传递给了更多人。

事实上，你我都是他人的环境，而他人也是你我的环境，只有你我他身上都有一种积极的力量，我们生活的大环境才能越来越好，我们个人的梦想与成功才能水到渠成。

情怀与格局

　　一个人成熟起来，便同时拥有了两种事物，一是情怀，一是格局。
　　情怀偏于感性，格局归属理性，但深远的情怀与博大的格局却是可以共存于一个人的，一个人真正拥有了情怀和格局，他的人生必然也将呈现出一派生机蓬勃欣欣向荣的模样。
　　情怀是一个人对于过往的总结与沉淀，回忆往事，梳理掉那些芜杂与浮躁，结晶出一些真诚与热烈，那些曾经稚嫩的、简单的、色彩分明的理想与心愿，都会在岁月的砥砺中化作一种深远而温暖的情怀，大至国，小至家，都会融入一腔无须言传的情怀之中，绽放出属于一个人的光芒与色彩。
　　格局是一个人对于未来的规划与冀望，面对未来，那些未曾实现的心愿不再是空中楼阁遥不可及，因为格局可以为它们建造一节节拾级而上的阶梯，可以推动着一个平凡的人沿着正确的方向稳步前行，不疾不徐，坚定执着，循着那些看不见摸不着却澎湃着自信与自励的格局，走入一个大大的世界，书写一段醒目的传奇。

只有情怀没有格局的人会堕入自怨自艾的迷雾中四处碰壁，只有格局没有情怀的人会陷入一意孤行的泥淖中不可自拔，情怀与格局缺一不可，从某种意义上来说，它们就是一条路的起点与终点，也是决定一个人生命质量优劣的因由与源头。

一个人有了情怀，便不再浮躁与焦虑，这是一种历尽沧桑返璞归真的顿悟；一个人有了格局，便不再犹豫与纠结，这是一种自知自省自我砥砺的境界。

情怀决定了一个人的格局，格局支撑着一个人的情怀，在这个日新月异的时代，做一个有情怀和格局的人何其幸福与充实，何其豪迈与有价值。

身体中的矮子

　　身体中的矮子，是思想的一部分，灵魂之火或旺或淡，它都隐忍一隅，默不作声。它所做的，是催生出一些负面情绪，诸如沮丧、失落、彷徨、焦躁、发怒、歇斯底里，将你原本高大挺拔的身体压得佝偻，用一些沉重压弯你的正直。

　　一般情况下，它不会将你彻底折断，它所做的是改变与征服，将身体打造成一架失去主观思想的机器，它会在少年时藏匿，在青年时萌芽，在中年时接管身体，在老年时烟消云散。

　　因为能够潜移默化与随物赋形，它控制了绝大多数人，但是，仍然有人例外，最典型的例子是毕加索，他号称世界上最年轻的画家，因为他的一生都在致力于与身体中的矮子斗争，这让他的少年时光悠长达一生，在90岁高龄时，毕加索仍然不安于现状，不接受身体中矮子的安排，执着着把每一幅画作都当成自己的第一幅画。他曾经说过，14岁之前我的画作能超过拉斐尔，14岁后我都在致力于保持和寻找14岁之前作画的感觉。

正是因为毕加索永远 14 岁，他身体中的矮子才会力量弱小不堪一击，在与绘画艺术的争夺中始终处于下风，而毕加索 91 年的悠长生命中，每当拿起颜色和画笔开始画一幅新的画，对所有事物仍然好像还是第一次看到一样。

同样的例子还出现在马丁·路德·金身上，马丁·路德·金活了 39 岁，但他身体中的矮子直到他生命终止，仍然没有露面的机会。马丁一生受到无数次恐吓，三次入狱，三次被行刺，第一次被精神病人捅了一刀，第二次在教堂被扔进了炸弹，第三次被刺杀而死，但直到这一刻，他身体中的矮子仍然无法左右他的思想，面对宁可抛弃生命也不愿低下头的马丁，矮子根本无计可施。

每当再次面对毕加索如饥似渴的求索目光，每当再次聆听马丁·路德·金激情昂扬的精彩演讲，我都会看到他们身体中的矮子瑟缩发抖着被灵魂之火吞蚀熔化；每当遇到那些颓废彷徨的人，每当面对他们絮絮不止的抱怨与借口，我都会看到，他们身体中的矮子正在狞笑着压弯着那风中残烛般的灵魂之火。

身体中的矮子，在我们漫长的人生岁月中，它是前行途中的桎梏，也是人生成败的试金石，既然无从逃避，那就坦然面对吧。

收留伤痕

人生中，总会有大大小小的伤害不期而至，它们被时光抚平后，便会留下一段段伤痕，伤痕或浅或深，或浓或淡，散发着晦暗的味道，盈满着莫名的思绪，每当心灵触及，那些随风而逝的旧日时光，便如同一池被风吹皱的春水，被时光的画笔皴擦点抹成了一幅古旧忧伤的画。

画面中遍布一段段伤痕，它们骨节支离，色彩各异，却渲染出了人生的深刻与真实。其实，若将人生比喻成一幅山水画，那么，这一段段的伤痕，就是画中的山，就是画里的水，正是它们支撑起了人生的风骨，刻画出了岁月的足迹，每一段伤痕的背后，固然有着伤心的过往，却也有着逐渐生长的坚强与智慧。

每收留一段伤痕，就是积淀一分过往，就是淘洗一段浑浊，就是拨散一团迷雾，就是点亮一片黑夜。伤痕浅显，便增添一分成熟，伤痕浓重，便了然一丝明悟，伤痕交错，思想便随之氤氲升华。

收留一段伤痕，便能收获一分成长，这才是人生中弥足珍贵的事物。成长后，旧伤会发酵成酒，散发醇香，每当深夜触及，会升腾一丝微微醉意，新伤则会沉淀入心，化为灯火，明晰过往，烛照前途，每每在清晨思虑，总会心头一片清明。

细细端详，才会发现，那些伤痕交错纠缠，竟像极了天地中一些自然生发的花朵。

少年时的伤是漫山遍野的牵牛花，滋意生长生机盎然，攀绕不停却四处碰壁，徘徊徜徉却又寓目幽蔚，这是些充满希望饱含憧憬的伤痕，充满了生长的力量；青年时的伤是一朵玫瑰花，孤傲清高，娇艳欲滴，脆弱易折，不耐风寒，纠结于爱情的悬崖，一往无前却又痴缠盲目，信心满满却常无可奈何，这是些品味苦涩催生成熟的伤痕，让人生渐渐摆脱了懵懂；中年时的伤是一株傲霜的菊，虽然锋芒不显却从来不惧霜雪，虽然色疏香淡却能清雅隽永，它们是倔强与坚持带来的伤，却也带来了生存世间的智慧与勇气，它们是些砥砺时光追逐理想的伤痕，是人生渐渐从容的标志；老年时的伤已经寡淡从容，它们是一朵朵平凡的小黄花，随处可见弱不禁风，可就是它们，却能生长出一朵朵洁白无瑕的蒲公英，随风飞舞自由自在，俯瞰人世间发生的种种，记录下阳光与微风的对话，用一颗平静的心面对坠落与死亡，它们是些沉淀光阴析现珍奇的伤痕，拥有着顿悟生命的厚重与深邃。

人生因为收留了这一段段的伤痕而变得深刻，因为收留了这一段段的伤痕而生发出了纷繁的快乐与幸福，所以，如果生活给了你一些不可抹灭的伤痕，那就平静地收留下它们吧，用收留一朵花的心思对待它，它就一定能生长出润泽你一生的洁净与芬芳。

夏日读书心清凉

炎炎夏日,捧一本泛着墨香的书,读着读着,心头便荫上了一抹芬芳的清凉,炙烤的阳光化作一抹月光流苏,燥热的空气也被蜿蜒心房的澄澈溪流消融无形了。

心静自然凉,但是,心如何才能静下来呢?或许,唯有读书吧。书中有大大的世界与小小的情怀,书中有默默的等待与静静的念想,当一本书占据你的心灵,被酷暑消磨的生命便会重归清静,被浮躁侵蚀的生活便会被重梳条理,读一本好书不啻感受一阵夏日凉风,在慵懒的午后或是向晚的黄昏,捧起一本书的时刻,就是一个人将心与现实世界短暂隔绝的时刻,就是一个人重归内心本真的时刻,就是一个人再次唤醒自己沉睡心灵的时刻。

书的世界里同样四季分明,只是,它不会粗鲁地干涉你的生活,不会不由分说不可理喻,它只会静静地呈现季节的变迁,让你始终保有着旁观者的睿智,让你有足够的时光体会它们的美好与从容,让你的心一点点变得辽阔,而不是如现实生活让你的心变得愈加逼仄。

常常思虑，书中的清凉究竟自何处而生？又于何时生发出足以荫庇心灵的清凉呢？思虑久了，突然有了一个不一样的答案。或许，那由文字堆砌而成的书就是一棵葱茏斑驳的大树吧，人观树的同时，树也在不知不觉间接纳了人，将人纳入它那如伞华盖之下，成了它呵护与指引的子民。

　　或许，每个人也是一株小树吧，炎炎夏日，只有自己生长出绿意盎然的枝叶，才能在心灵之上撑开一把遮挡阳光的伞，由此看来，一本书就是那些滋养生命之树生长的甘露与微风吧。

　　事实上，夏日里的书与严冬中的书并没有什么不同，它们选择在某个季节出现，只是因为你内心的需要，它们会补齐你生活中的缺憾，冬日里带来融融暖意，酷暑中捎来丝丝清凉。

　　夏日读书，其美在于静，其清在于慧，其凉在于思，书是如此，人生亦如是。

馅饼与陷阱

馅饼与陷阱，中国人对这两样事物有着不一样的思量，对前者充满期待，日日仰望祈盼上天赐予，对后者则满怀警惕，夜夜逡巡唯恐不慎入套。馅饼来自天上，陷阱源于地下，一个遮住眼睛，一个挡住脚步，粗看起来，两者之间似乎并无交集，但事实上，这两者并非只是字体上有所类似，本质上也有雷同之处。

馅饼是"食"字旁，陷阱是"耳"字旁，偏旁部首不一样，但四个字的右半部分则极其类似，显然，歧义的出现正是源自这两个不一样的偏旁。民以食为天，所以馅饼极受欢迎，而"天上掉馅饼"更是被引申成了所有不劳而获的惊喜；人有耳，所以容易偏听偏信，容易被误导，容易被驱使，所以才会落入陷阱悔之晚矣。

事实上，抛开了"食"与"耳"，馅饼与陷阱并没有什么不同，两者都有着诱惑人迷惑人的味道，都有着令人心动的缘由，都能让人的头脑瞬间发昏做出不受理智支配的举动，虽然随着真相浮现，馅饼与陷阱会露出各自的马脚，但在两者最初出现的时刻，所披的外衣确实是一模一样的。

在现实生活中，馅饼与陷阱是两种经常出现的事物，而且往往会最终化为一体。在大部分时间里，首先出现的会是馅饼，它用香甜勾起人的食欲，让人渐渐沉溺于美妙滋味中而迷失自我，此时，地面隐匿的陷阱会突然出现，因为人的警惕性下降，往往会一脚踏入，便再也拔不出来了。

这时，真相就会出现了。其实，当馅饼从天上落下时，地面就被砸出了一个陷阱，人捡起馅饼，品尝着美味，却也走到了陷阱上面，一旦得意忘形就会立刻陷落其中。

自古以来，因贪图馅饼而落入陷阱的人不胜枚举，从斗升小民到天潢贵胄，都曾因为小小的贪欲落得个灰头土脸，究其原因，固然有着劣根性作祟，但更多的却是一种意识上的误导。天上掉馅饼的事其实自古就未尝有过，但总有人通过各种方式夸大此事的可信度，拍着胸脯说他亲身经历着这样的美事，耳朵听着这样的言辞，再加上每个人或多或少都有过做不劳而获白日梦的经历，时间久了，自然就会信了，此时的陷阱也被成功虚饰成了馅饼。

其实，要想分清馅饼与陷阱也并不难。当你看到天上真的掉下一块馅饼，就应当静下心来想一想，是谁在天上为你做了这块馅饼？为什么偏偏落在了你的面前？只要用心思量，总会有蛛丝马迹留在馅饼上面，顺着这些线索，你自然就会发现连接着它的一个隐蔽的陷阱。

当你抵御住馅饼的诱惑，客观冷静地面对它，就能拨开它甜蜜的外衣，发现里面的陷阱，从而避开危害，如此浅显的道理，却被大多数人所忽略，这不能不说是一种悲哀与遗憾。

一念成痴不可取

同学小李参加工作不久,偶尔参加了一次出游,遇到了几个畅游天下的驴友,体会到了无拘无束的乐趣,回到家后竟再也无法忍受简单平静的生活,执意辞去工作,加入了驴友的行列,从此浪迹天涯一去杳杳。一直到数年之后,一脸胡子拉碴的小李灰头土脸回到了家,却发现自己的青春时光已耗费大半,可除了已踏遍名山大川,阅尽灯红酒绿,却没有学到一点安身立命的本事,无奈之下,只得回炉再造,报名加入了一所职业学校,开始从头做起。

朋友老田,本是宅男一名,每天守着老婆孩子,柴米油盐精打细算,小日子过得红红火火其乐融融,却被一名虚拟网络中的异性网友鼓动得离家弃子,远赴异乡,准备开启自己火热浪漫的新生活。可不过月余,老田却被几个警察送回了家里,原来,老田网上的红颜知己竟是几个职业骗子伪装而成的,那所谓的新生活就是骗光老田身上的所有钱,让他饿着肚子也加入骗人的行列。

小李和老田,一个正值青春,一个则已步入中年,都不是没有文化的乡野村夫，却都走上了一条再明显不过的歪路，究其原因，其实便是四个字，一念成痴。

本是人生中偶尔的邂逅，却因为有意无意地诱引，让处于正常生活轨道中的人偏离方向，这固然有着许多客观因素，却也有着更大的主观原因，这个一念成痴之人如果没有对于现实生活的不满，如果没有对于空中楼阁的向往，便不会因为一个小小的念想便成了痴迷，便不会因为痴迷最终留下追悔莫及的伤痛与教训。

看似风平浪静波澜不惊的生活，其实隐藏着无数的暗流汹涌，无时无刻不在伺机而入，侵入一个人跃跃欲试的心灵，为他展现出生活残酷而现实的另一面。

其实，面对不期而至的诱引，也无须刻意回避，只需保持心头的一丝清明，梳理好前因，预想到后果，那些虚无缥缈的念想便也不会让一个人痴迷不已了，只需时刻准备一盆冷水，适时浇醒一时发热的头脑，那些痴与殇便会随风而散沦为笑谈了。

与心灵交谈

藏在心里的事物，总是那样光彩夺目，它们随着跳动的节奏抖落一身尘埃，抖落时光无痕，流露出几乎被你遗忘的本真。在宁静的心湖里，碧青色的潭水中央，你永远看不清的，是在水下向你仰视的眼神，它们自久远处缓缓走来，带着熟悉的微笑。它们其实就是一些往事，在你的心里，历经淘洗，成了闪光的金子。

请不要放过每一次与它的对视，你们之间的交谈，是在寂静中进行的，你们的语言，是一些平凡的画面，那是关于你的青春年少或是白发苍苍，壮怀激烈或是恬淡如水，但无一例外的是，每次它交谈后，你都会得到一种可贵的成长。

我常常觉得，人的每一次成长都源于与心灵的交谈，在与心湖中那些如风往事对视的眼光里，隐藏着你最真实的渴求。

成长是永恒的，而成熟永远是有参照的事物。当思想仿佛漫山遍野的野草般疯狂生长，成熟却体现在你日益程式化的表情、逐渐言不由衷的话语之中，这两者的反差造成了你的困扰，因为这两者是矛盾的。但事实上，你就在这种思想与行为的错位之中成长了，变得成熟起来。

只有你自己才最明白，在心里的自己才是真实的自己。于是，闲暇之时，你要不停地挖掘，挖掘内心深处的真实。你要在现实里、在梦境里，搜寻关于内心的蛛丝马迹，你无法把它们陈列于人世，便要继续将它们的根系深扎入心底，直到它们长成参天巨树，这时，你的内心已经如蓝天一般辽阔了。

那时的你，才真正地接近了成熟，你的成长也具有了现实的意义。因此，你要珍重每一次与心灵的交谈，要感谢它为你展现的那些旧日营盘与纯真情感。因为它们，就是你的心。

越变越小的理想

　　理想与心怀理想的人似乎总是在背道而驰，随着一个人越长越高越跑越快，理想也会越变越小渐趋模糊，此消彼长之下，理想的力量由豪情满怀化作了唏嘘叹息，或许，只有在偶尔回望的时刻才会闪烁起一点微弱的光芒，提醒着红尘中疲沓奔忙的那个人在自己的生命中还存在着如此纯净而美好的事物。

　　其实，理想并不是真的变小了，它只是在时光的洪流中与心怀理想的那个人渐行渐远了，人向前行，理想却驻留在了它出现的时刻，现实中的种种逼仄让理想不得不低下高傲的头，但它却仍不愿随波逐流，便只能停留在岁月深处，只能停留在内心最隐秘的角落，与那个渐渐长大的孩子之间的距离越来越远，因为距离，理想也变得杳渺而微小起来，甚至会变得可有可无。

　　可是，正是因为理想越变越小，人的浮躁与冲动才会与日俱增，这是一种找不到方向的迷茫，也是一种回不到内心的焦虑，一个人，如果只有身体在不停劳作，心灵却总是飘忽不定，那么他一定会感到痛苦，而且最可怕的是，这种痛苦几乎找不到一个可以倾泻的出口，在这个时刻，我们便会异常渴望着那一个久远的字眼重新出现，是的，那就是理想。

重新找回理想的过程并不容易，首先，我们要停下奔忙的脚步，要将眺望远方的目光收回，将它重新投回一路走来时的方向，其次，我们要放松已经习惯总是绷得紧紧的心灵，让它好好地休息一下，最后，我们还要抛开所有杂念，一点点擦拭被灰尘覆盖的理想，为它注入自己内心的光芒，让它再次与我们的人生契合在一起。

或许，越变越小的理想只是一种假象，因为，有一根无形的丝线一直将它与人生系在一起，就像远隔万里的亲人与故乡，时日愈久，思念也愈是醇香，它虽然越来越小，却也有着越来越大的能量，在沉默中为我们指引着方向。

越来越小的理想，其实就是一个越来越大的世界，只是，需要我们用时光的距离来丈量，需要我们用生命的真诚来面对，需要我们用心灵的宁静去热爱与祈望。

在角落中做回自己

工作的每一天，抵达单位之后立刻进入忙碌状态，时间在身边飞快溜走，身体与心灵都在身不由己之中被牵着东奔西走，所有的一切都在大庭广众的视线之中，唯独真实的自己被藏了起来。这种状态一直延续到下班回家的路上，一身疲乏，满心倦累，只想找个安静的角落好好做回自己。

回到家中，刚刚放学的儿子已经在写作业了，简单收拾一下，开始忙碌一家人的晚餐，菜品简单，却需一一拾掇，煎炒容易，仍要用心烹饪，时间在身边渐渐变得不徐不疾，烟火家常有着童年熟悉的炊烟味道，不久之后，几盘菜肴放在擦拭干净的饭桌上，心里却想，忙碌完了这一切，要找个安静的角落好好做回自己。

晚饭过后，天色已暗，一个人悄悄来到书房，取出昨晚看了一半的书，泡上一壶浅浅的淡茶，一切都静了下来，这是属于一个人的角落，在这个角落里，无论你在做些什么，想些什么，都不可否认的是，你终于做回了自己。

当然，这个小小的角落也许不是书房，甚至不在家中，也许不是一个富足敞亮的地方，它也许真的只是喧嚣街市中一处小小的拐角，也许真的只是茫茫人海里一斗窄窄的蜗室，但是，在这个哪怕只能容许你一人进入与憩息的地方，你才能真正地找回自己，做回自己，享受从心灵勃然而发的呼吸，感念从心底磅礴而来的思想，某种意义上来说，这个角落便是你生而存在的见证，也是你爱并期许的城堡。

繁华的人世间，一个人就是如此渺小，只能在小小的角落中做回自己，一个角落就是如此美好，尽管只拥有短短的时光，却总能让一个人亲切地面对自己。

在角落里沉溺书海的我总能轻易聆听到时光曼妙的脚步声，它们让白日中的芜杂消隐无踪，让所有的事物重归美好与简单，一直到儿子或者妻子悄悄走入提示我夜晚已深，我才会恋恋不舍离开这个属于自己的角落。

而在此时，重新做回自己的我已重拾了面对明天的智慧与勇气。

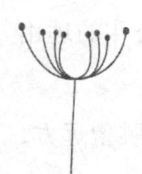

青春的旧模样

  一万个人有一万个不同的青春，有奋斗的，有迷茫的，有飞扬的，也有颓废的。可是，所有的青春都会被打上一个共同的标签，真实。

  是的，所有的青春都无比真实，那些曾经的痛苦悲伤，那些曾经的快乐奔放，都因为存在于这段最真实的人生岁月而显得弥足珍贵。青春岁月，我们不懂虚饰为何物，我们不知谎言该如何编织，我们呈现出的只是真实的内心，或许会因为稚嫩而碰壁，会因为简单而会被人轻视，但青春就是如此，它承担着所有的成功与失败，也包容得了所有的虚假与欺骗。

  只因青春，充满着无限的可能与生机。某种意义上来说，青春岁月便是生机勃勃的春天，纵然有雷声滚滚，有乌云满天，但只要骤雨停歇，立刻便会"虹销雨霁，彩彻云衢"，立刻便会"水光潋艳晴方好，山色空蒙雨亦奇"。

  是青春，让一个人学会了思考，从横冲直撞的少年成长为风度翩翩的青年，从一张没有内容的白纸化作了色彩纷呈的风景，第一次品味到了独处的韵味，第一次感受到了静谧的美好，第一次离家远行，第一次孤身打拼，沸腾的水安静下来，成了一汪静谧的湖。

是青春，让一个人学会了感恩，第一次将眺望的目光收回，寻觅到了父母发际那一片刺目的雪白，第一次将奔跑的双脚放慢，感受到了那源自遥远故乡深切的呼唤，第一次为了身旁那些平凡的人而流下泪水，在感恩的心跳声中，瘦弱的双肩渐渐挺立，找到了一个为之奋斗的理由与方向。

是青春，让一个人学会了心怀蓝天脚踏实地，青春的目光眺望远方，青春的足迹坚实有力，青春岁月盈满着天空的辽阔与大地的厚实，让所有的坎坷与牵绊都成了漫长人生的一次小小磨砺，砥砺中前行的青春，所有的经历都是扮靓岁月的霓彩华裳。

怀有一颗真实的青春之心，人生之船不论驶向何处，都不会慌乱与惧怕，因为，青春有着一股永不言败的勇气与自信，拥有一颗真实的青春之心，人生道路不管有多么崎岖，都不会迷失与困惑，因为，可贵的真实之中蕴藏着那些指引人生升华生命的智慧与真谛。

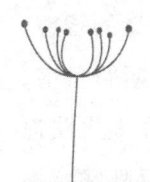

微小的幸福

66岁的母亲因为成功地把一根丝线穿入针眼而高兴了整整一天，4岁的儿子因为找到一件丢失两天的小玩具而高兴了一个星期，30岁的妻子因为做出了一道独具风味的菜肴而欢欣鼓舞了半个多月，我却因为写不出一篇自己满意的文章而无聊郁闷了一个月之久。

虽然我们的情绪并不一样，但在这个过程中，我们却都一直非常专注，我虽然没有写出理想中的文章，但却一直没有放弃希望，每天都在阅读学习记录灵感，母亲的欢喜虽然在别人看来有些微不足道，但于她而言却是一份人生未老的证明，儿子的高兴是最真实的，因为这件玩具本来并没有什么不同，却因为是他亲自找到而变成了一件珍宝，妻子做的那道菜其实我们在饭店里吃过很多次，但在家中做出一样的滋味却令她有了不一样的成就感。

其实，我们的生活就是在这些平淡的欢喜与希冀中度过的，我们一直追寻的幸福也就藏在这些不足为外人道的细节之中，那些感觉不到幸福的人，是因为将目光放得太远了，总是思考着那些看不清的未来，却忽略了最真实也是最温暖的现在。要知道，取得再大成就的人，也是一步一个脚印走向成功的，他们只是善于把日常生活中的细小幸福收集与整理，然后让它们厚积薄发，才取得了最终的辉煌胜利。

　　如果没有百折不回的坚持与学习，李嘉诚不会创业成功成为香港首富；如果没有远离喧嚣的孤独探索和自我挑战，爱迪生不会成为世界上最伟大的发明家；如果没有面对悲惨命运的勇气和化悲痛为力量的智慧，贝多芬不会成为世界音乐史上独一无二的巨匠。这些光彩熠熠的名字，最初的模样，其实都是跟我们一样的，他们身上的光彩都是在人生路途上被一点点涂绘上去的，而为他们增光添彩的，正是他们自己那颗感恩生活不断进取的心。

　　每一个人的人生都不会一帆风顺，但如果只是一味好高骛远或是自怨自艾，那么，这些坎坷就会被无限放大，最终压垮你的人生，如果你能珍惜每一个平凡的瞬间，捕捉到每一丝微小的幸福，让人生的每一天都充实地度过，那么我想，你的人生就是美丽而有价值的。

第五辑　在心中留白

为个人生活留一寸张弛之隙，为疲沓灵魂觅一处栖息之地，适当地为人生留白，将积蓄的压力释放，把盈满的心灵放空，唯有如此，才能成就人生的最高境界，完成人生画卷最完美的落笔与升华。

笨拙的时光

画家笔下的生活，总是那么灵气十足，他们所捕捉的总是生活中那些最精彩的片断，勾勒出大体轮廓之后还要精雕细刻，去除掉那些粗糙线条与模糊暧昧，再点缀上细致与温暖，仿佛生活永远是如此精致而美好的。

但实际上，生活中的大部分时光都是笨拙而无趣的，我们摇摇摆摆，亦步亦趋，脚步总是落后于心灵，某种意义上来说，画家笔下的时光总是有着一点理想主义的味道，虽然脱胎于现实，却生长于梦境，结果自然就是美轮美奂趣味十足了。

生活当然需要趣味，需要智慧与幻想，但是，我们仍要谨记一点，它们毕竟只是笨拙的时光孕育而出的一朵小花而已，虽然美丽却不持久，笨拙才是时光固有的属性，而且，这份笨拙是有着大智慧与大胸怀的。

时光虽然笨拙，却从未有过犹豫和彷徨，从未有过停留与回首，它简简单单，却绵延了人的一生，那些坚守笨拙的人，一生或许并无辉煌，却也未曾有过失望，而那些轻视笨拙的人，却往往因为盲目追寻而迷失了自己。

　　人的一生要饰演无数个角色，哪一个是属于自己的呢？是追权夺利的上位者？是财富至上的成功商人？还是一位平凡的父亲、母亲或是真诚的朋友？哪一个角色才是最真实并易于被铭记的呢？

　　在人生的不同阶段，每个人也许会有不同的选择，但最终，所有的选择都会指向平凡，因为，只有一位平凡的父母子女或是朋友才是最真实并让人感动的，这不仅仅是一种人生角色，更是一种本色出演，是每个人人生中最出彩与辉煌的部分，尽管这份辉煌也许并不为大多数人所知，但只要自己心中明白，便已足矣。

　　珍爱这一生笨拙的时光，让一点一滴都放大成爱与奉献的模样，那么，这一生的笨拙，便有了升华蜕变的机遇，便有了永恒不变的光芒。

得意失意一念间

　　人之一生，大致上有两种刻骨铭心的时刻，一是得意，一是失意。得意失意都是醒目的人生标签，之前的种种努力、拼搏、坚持、放弃，此时此刻都到了盖棺定论的时刻。

　　赢者得意，败者失意，却也都有着一个被忽略的共同之处，就是忘形。

　　得意者往往忘形庆祝，放松了一直以来的自我约束，渴求着让世界认可自己的成功与辉煌，希冀着世人分享自己的经验与心得；失意者往往也会忘形，同样放弃了一直以来的自我约束，嘴不再硬，心不再高，双眼无光，陷入了灰黑纠缠的泥沼中，成了污泥的一部分。

　　忘形的原因不同，但忘形的结果却是一致的，同样暴露了内心的短视与矫饰，却又同样忽略了更加重要的一件事。

　　得意失意，都是一种结束，同样也都是一种开始。

　　得意者裹足不前者居多，失意者自暴自弃者不少，两者多是那些忘乎所以的忘形之人，可事实上，面对着得意与失意，还有第三种人存在着，这种人的共同特点便是同样经历了得意与失意，却没有成为忘形之人。

没有忘形，便意味着内心依然平静，没有忘形，便意味着没有被成功或失败所禁锢，没有忘形，一个人依然还是熟悉并且清醒的自己，安守着平和之心，静静面对着那些得意与失意。

唯有如此，人生才继续向更远更高处进发，得意与失意才能真正为高质量的人生服务，一个人才能得到真正意义上的成长。

若人生是一座高楼，那么，得意与失意都是一块砖，都能致使人生崩塌，也都能促使人生更加盈满，其中分别，便在于那个修砌高楼之人是否能够看清每一块砖的样子，是否能在得失之间拥有着一颗平常心。

人生不止，得意与失意便总会接踵而至，以一颗平常心面对已经来临的一切，便能看清所有的真实，找到一条最适宜的应对之策，唯有如此，人生中所有的得意与失意才能化作一种醍醐灌顶的喜乐，为生命注入一条不竭溪流的清澈与辽远。

如此一来，得意与失意，才能真正刻骨铭心与风烟俱净。

方与圆的哲学

　　方与圆是两个基本的几何图形，也是生活中常见的两种人，一个有棱有角，与之相处，稍不留意便能碰个头破血流，一个盈满润滑，与之为伍，常会感到简单从容如沐春风。

　　事实上，对于方与圆浮于表面的认识也会让人产生误解，因为，许多四四方方的人其实有着一颗善良的爱心，许多圆滑世故的人却常常隐藏着很多不为人知的诡计，可是虽然如此，许多四四方方的人仍然不受欢迎，而众多圆滑世故的人却总让人觉得适合相处。

　　究其原因，无非是方人的直率固执导致他做事不留余地不给别人留情面，而圆人的圆滑世故则首先将自己立于了不败之地，如果一个方人与一个圆人产生矛盾，吃亏的一定是方人，甚至还会有苦说不出，但占理的一方却往往也是方人，因为他总是坚持自己的内心，与之相反，圆人虽然占了便宜，却也逃不过世人的明辨，他所谓的成功也便总是浮于表面了。

　　其实，纯粹的方人与圆人都是不受欢迎的，因为方人言行过度一致不讲究方式方法，最终会导致无法沟通形同陌路，而圆人言行总是模糊暧昧，让人难辨真假无所适从，久而久之会让人觉得无法琢磨无法信任。

但是，方与圆也并非难以融合的矛盾，古人早已为我们道出了其中三昧，子曰"君子如水，随方就圆，无处不自在"，就是讲有智慧有风度的人在待人接物处事方面非常灵活又有原则，就像水一样，你把它放在方杯中便是方的，放在圆杯中便是圆的，但其本质上一丝一毫都不会改变，该方时则方，需圆时便圆，随物赋形，随方就圆，那这个人一定会得到众人的信任，却又不会让人厌恶了。

诚然，我们无法改变旁人的方与圆，但我们可以改变自己来适应他人，如此一来，方与圆便成了浑然一体的默契与从容，方与圆的哲学也便有了一个可以欣慰的结尾。

富者清贫与清贫者富

富者，锦衣傍身，美食果腹，出行则前呼后拥，停留则从者蜂拥，粗看无比光鲜，细察却藏有隐忧，首先因为开销巨大，每日都要奋力赚钱维持，不得片刻休闲；其次因其为公众所熟知，一言一行很快便被广而告之，自身便再无秘密可言，更因为其为公众人物，每天都要顾及公众看法，便更无私人时间，私人情绪更需压抑，如烦躁、脆弱、愤怒等寻常情绪都必须隐藏，否则便被无限夸大，如此长久下来，最终富人便很难找到真实的自己，最终心灵迷失沦为灵魂清贫一族。

贫者，日出而作，日落而息，无锦衣玉食，无高楼大厦，走在人群中毫不起眼，混迹江湖中波澜不起，终日埋首于柴米油盐的毫厘算计之中，雄心壮志遥不可及，常被家人数落，人情冷暖总挂心头，只怕亲朋诟病，喜怒哀乐不懂掩饰，得失对错常有悔意，粗看起来，贫者似乎并无多少长处，可细细考究，却发现贫者有着诸多令富者艳羡之处。首先，无论何时、何地，贫者皆不须作伪，只要脚踏实地真诚待人即可；其次，贫者活得更像自己，行于路上，不必顾及路人目光，歇于街角，不必担心阴影纠缠，苦便哭乐便笑，压力尽泄一身轻松；再次，贫者心中总有念想，纵然身体疲沓，心灵始终丰盈，虽然偶尔目光短浅，却胜在单纯简单。

唐寅诗云，车尘马足富者趣，酒盏花枝贫者缘。富者为富而奔波忙碌，最终成为富之奴仆，贫者悠闲自得赏花饮酒，却在不知不觉间成就了内心之富缘。知足者身贫而心富，贪得者身富而心贫，对比两者种种，便不难理解唐寅得出"若将富贵比贫者，一在平地一在天"的结论了。

当今世上，也常常出现富者清贫、清贫者富的现象，富者富得迷茫，富得空虚，富得痛苦，贫者却贫得心安，贫得从容，贫得充实。于是，富者返贫的事情一再发生，如抛开宝马回乡务农耕种，远离豪宅遁入空门修行，成为众人饭后谈资，却殊不知，这富者此时耕种的是本心，修行的却是真实，而与之相对，贫者富足的事情却往往不为人所知，或许是因为贫者太过平凡的缘故，我却觉得，这便是大众与小众之别，贫者大众，富者小众，大众往往关注小众，却忽略了自身，而小众却因为远离大众，最终迷失了自己。

有识之士常常发问，当今浮躁之世，该如何让富者摆脱内心贫困，让贫者得其向往之富足呢？

其实，这本不是什么问题，富贵者拥贫者心，清贫者有富者志，则清贫者富，富者清矣。

高估才是低配的根源

一个人，往往是先高估了自己，然后才会被所谓的低配人生所套牢。

高估自己，往往是没有来由的，一句夸奖，一声赞美，甚至是一缕春风、一抹阳光都可以让一个人信心爆棚，所谓心比天高，往往便是来源于这些无根无据的事物，来源于这些虚无缥缈的骄傲。

将自己的未来估量得高不可攀，便难以避免地要过一种低配的生活，这种生活其实在别人眼里或许并不低，但是，在高估自己的人眼里便成了另一番模样，将平凡视为平庸，将朴素视作低劣，却将标新立异视为个性，将信口开河当成了理想，虚耗时光，挥霍人生，渐渐地，所谓的低配版的生活竟也变得难以维持了。自此，那个被高估的自己便会彻底落入低谷，成为一粒可有可无的尘埃，再也荡不起半点风浪。

可是，低配人生真的如此可怕与无药可救吗？

答案自然是否定的，其实，世间根本没有什么低配人生，所有的人生都是匹配并且正常的，所谓低配，都是源于高估后的失落与跌落后的沮丧。试问，世间之人谁没有过一段灰暗甚至颓败的岁月，但是，若你一味自怨自艾，一味觉得是命运捉弄了自己，那么，你这一份"低配人生"便会被彻底坐实，再无出头之日。

低谷并非低配，它只是匹配了你的能力与际遇，并不决定你的未来。低谷处固然荆棘密布道路坎坷，却也有着无人打扰的平静与真实，只要静下心来，便能看清自己的是非对错，便能修补生命的明伤暗疾，面对逼仄不钻牛角尖，面对挫折不打退堂鼓，将高估自己的目光放低再放低，便会对自己有一个公平公正的评价。

人生最难者便是对自己的客观评估，从某种意义上来说，低配生活正是一面镜子，可以映照出自己的丑陋与矮小，也可以加速自己的成长成熟，当一个人明白了这一点，那颗惯于高估的心才能真正地与低配生活水火交融，成长出一个理想中的自己。

个性与任性

在人世间行走,一个人要有个性,但不能太任性。

个性是一个人与生俱来的与众不同,是一个人所独有的标签与风骨,或雅致,或粗犷,或黄钟大吕,或纤巧婉约。一个人有个性,才会被其他人认可与赞赏,才能被其他人接纳并合作,个性中隐藏着一个人行走世间的倚仗与凭恃,指引着一个人迈向理想与成功的方向。

任性则不然,它并非一个人内在的本真,而更像是一个人向外展示的傲骄,任性往往不分场合不合时宜,会导致妄为,会衍生孤独,也终究会难逃溃败,一个人的力量就算再强大,若是任着性子胡闹,也必然会落得遍地狼藉灰头土脸,必然会怨天尤人一事无成。

拥有个性的人会看不起总在任性的人,他会认为任性之人浅薄可笑,挥起鸡毛当令箭,任意挥霍上天的赐予,任性的人也往往难以融入有个性之人的圈子,因为个性是一种内在的修养,而并非外在的张扬,只有内心相互吸引的人才会相互认可,在一起时才能生发出更大的力量。

从本质上来说,个性是一种平静,而任性则是一种躁动,个性首先源于自身具备的强大实力，是扎根于大地之上的参天巨树，而任性则是一片无根的浮尘，纵然有一天随风飘到了天际，也依然是毫无价值并且脆弱之极。

成为一个有个性的人，并非意味着不需要再继续努力，恰恰相反，支撑个性的正是不停进取和永不满足，而成为一个任性的人，则意味着会裹足不前甚至是节节败退，因为那种所谓的一时之快永远经不起时光的考验，终有一天会跌落谷底再难起身。

个性璀璨夺目，任性则一地鸡毛，两者孰优孰劣一目了然，一个有理想有思想的人该做出何种选择，相信也是一件简单之极的事情了。

坚冰深处春水生

时值隆冬，万物凋零，河水结了厚厚的冰，虽然天气晴朗，但仍然看不到冰雪融化的希望，这寒冷仿佛漫漫时光望不到尽头。

母亲却告诉我，那些河水每冰冻一寸，距离消融的时光便又更近了一分，严冬尽头便有暖，坚冰深处春水生，你只需默默坚守，就会等到大地回春万物苏醒。

母亲的话令少年的我懵懵懂懂，但是很快，时光便验证了其中的真伪。就在某一天，那些坚硬如铁的河冰竟然真的裂开了一道道缝隙，阳光从天空倾泻而下，春水自河底奔涌而出，短短的几天时光，春天真的取代了隆冬。

渐渐长大后，我遇到了许许多多的隆冬时节，有风雪侵袭，也有人情冷暖，但每逢此时，我都会想起母亲的话，坚信坚冰深处自有春水渐生。

细细想来，其实，那些不期而至的寒冷不过是对生命的砥砺与磨炼，只要依顺着时光的道路继续前行，人生也会如那条结冰的河流一般，有着春水融融的一天。

　　希望总是出现在绝望之中，逆转就是在处于绝境之时，只要始终抱有对于未来的希望，只要永远相信理想的力量，破冰而出的人生总会如期而至，而那些给予我们寒冷、痛苦、伤害的人与事，留在我们身体与心灵上的伤疤，便会绽放出一朵朵最美最暖的花。

　　每个人的生命深处，其实也有着春夏秋冬的季节轮转，都有着拼尽全力仍然难以承受的分分秒秒，或许此时，我们要做的就是默默坚守吧，坚守在寒冷深处，用瑟瑟发抖的身体撑开一道道缝隙，将执着热忱的心灵化作一汪春水，接纳阳光，驱逐寒冷。

　　或许，春暖花开的那一天，我们再一次回首隆冬，竟然会发现它的可爱与调皮，发现它的深刻与隽永。

简单不简单

小时候，觉得那些复杂的事情真难理解，高高在上遥不可及，可随着渐渐长大，却发现，越简单的事情越是难得，简单才是最不简单的事物。

或许，这与人在不同阶段的思想与追求有关，少年时，心性简单，遇事少，阅历浅，只能做些简单的事情，那些复杂的人情世故便需要脑洞大开才能明白，在书本上课堂中学到的事物往往也与现实生活大不一样，在少年单纯的眼睛看来，自然就是极不简单了；长大之后，遇到的挫折多了，见过的变故多了，许多事情已是见怪不怪，一颗心修炼得七窍玲珑水火不侵，却又多了些对于虚伪的厌倦和对于真实的期盼，于是，少年时的那份简单便成了最不简单的事物。

其实，简单与不简单的辩证关系与一个人的生命旅程息息相关，少年时距离成年后的世故固然是遥不可及，成年后痴想回归少年时的简单则更是可望而不可即，这是少年的单纯与成年的圆滑之间的距离，也是少年人的世界与成年人的世界之间的距离，两个世界虽然由一人走过，却已隔了千山万水，隔了一段永不回溯的时光。

如今，面对八岁的儿子，我总在不着痕迹地呵护着他的简单与好奇，我希望他是一个永远有着好奇心的人，而面对已近四十不惑的自己，我则在努力寻回那些属于一个人的自由时光，试图尽量远离那些蝇营狗苟与鸡零狗碎，虽然明知不可为却还在勉力为之，因为我相信，只要坚守一份简单，那些不简单的事物带来的消极影响终会变得越来越小。

总觉得，人生不应当是一条有始有终的直线，而应当是一个盈满闭合的圆，当寻找与回归成为人生的主旋律，其实不是人变老了，而是一个人再次变得简单了，心简单了，所有的复杂问题自然就迎刃而解了，而这，才是人生中最值得喜悦与庆幸的事情。

泪中有盐

一个人悲伤或是欢喜，都会流泪，泪水晶莹剔透，似乎空无一物，却实则是有味道的。

泪水的味道既咸又涩，因为，泪中有盐，泪若凝固，便是一粒粒的盐悄然结晶，圆圆滚滚或是方方正正，外形不一而足，内里却都是同一种味道。

悲伤时，泪目泛红，泪水中便有着血的影子，有着一道道伤口若隐若现，泪水中的盐让伤口更加撕裂，让疼痛也愈加深刻，无法摆脱无处闪躲，只得任由时光煮泪，将泪水中的盐一一析解而出，收藏在每一处伤痕的阴影处，化作一支支指引成长的冷色路标。

欢喜时，泪水温暖，仿佛一杯氤氲双目的茶水，香气溢出心旷神怡，暖色盈满润泽生命，欢喜时的泪是一团冬夜里的火，虽然温暖却不灼烫，欢喜时的泪是一粒孕育希望的种子，虽然弱小却能生长出绵延一生的力量，欢喜时的泪风干之后没有消失，而是化作更加晶莹近乎不存在的盐，渗入了更深的心灵深处，生长出一片片嫩绿的枝叶，随风飘扬便是一面面猎猎作响的旗。

泪中盐，便是生命中一个个深刻而明悟的片断，自内心深处生发而出，自双目之中肆意流淌，却又在风干之后悄然回归心灵，一个短短的轮回画出一个闭合的圆，留下了一些咸涩的味道、一些疼痛的成长、一些温暖的记忆。

没有人不会流泪，所谓的坚强只是在泪水奔涌而出时侧目而立，只以一面坚强示人，却将另一面真实留给了自己，相对而言，那个流泪的自己无疑更加令人触动，因为，那些泪水中的盐终会将人世间的滚滚洪流化作一片汪洋，并为其注入一种成长的力量，在静谧中包容所有欢喜与悲伤，在沉默中凝固所有未来与过往。

泪水终会干涸，但它留下的盐将永存世间，记录着一个人生命的来路与去向。

冷眼旁观的人最孤单

有这样一种人，热闹时抽身事外，寂寥处故作清高，他总是伫立一旁冷眼旁观，藏身于阴影之中，久而久之，竟成了阴影的一部分。

冷眼旁观的人，孤单得甚至失去了自己的影子，他不发一言，固守着一个人的孤单，只是这孤单，却并没有如歌中所唱，成为一个人的狂欢。

没有狂欢，只有孤单，冷眼旁观的人最孤单，他将世界与自己分隔两半，明明看得见那个世界的喧嚣与色彩，却还是守卫着自身的冷寂与黑白，他以为自己高高在上，却殊不知心灵的烛火已是脆弱不堪。

冷眼旁观着这个世界，却忽略了自身的简陋与伧劣，看似洞悉了整个世界，却实则被整个世界抛弃了，究根溯源，还是因为欠了自己一点明亮与温暖。

那个冷眼旁观的人在孤单中钻入了牛角尖不可自拔，却不明白这遍地泥淖都是来源于自身渐渐堆满的自高自大，自我封闭的心灵即便阅尽世事沧桑又能如何？自我否定的生命存在的意义又在何处呢？

久而久之，冷眼旁观的人会从厌弃世界变成厌弃自己，会怀疑生命存在的意义，因此，还是寻找一些明亮与温暖吧，明亮会让冷冷的眼神多出一丝生机，温暖会让旁观的心灵感受一份责任，明亮与温暖将驱散那份挥之不去的孤单，让冷眼旁观的人明白所谓的骄傲不过是一种无缘由的自满，你改变不了这个世界，便将它拒之门外，却忘了你的一切正是来源于这个世界。

　　世界不会因谁而改变，不论你是冷眼旁观还是冷嘲热讽，世界只相信那些热爱不完美的人，花开了便会谢，天亮了便会黑，所谓的不美好，其实便是美好的延续与积累。

　　不必拯救那些所谓的不美好，也不必冷眼旁观总是不发一言，你的孤单就是世界对你的回应，生命就是如此公平。

　　若想走出孤单，便请收起冷眼，结束旁观，走入这个纷繁驳杂的世界，爱上那些所谓的不完美吧，唯有如此，那个不完美的自己才能找到互相依偎与拾遗补阙的完美。

起步就是结果

起点就是终点,起步就是结果,如此一来,人生就会变得异常简单。

可现实却是,许多人在起步后便忘了起点,于是,心中总充盈着巨大的空虚,每一步都会谨小慎微,而那个未知的终点也就变得面目全非了。

我有一友,大学毕业后放弃了稳定优越的工作,踏上了创业的艰辛之路,他制订了细致的成功计划,有着严格的自律规矩,可是创业没多久,因为追求一点小小的业绩,他首先背弃了一些看似并不起眼的原则,很快,在尝到走近路的好处之后,他开始有意绕开了一点一滴的积累,转而开始了投机与钻营,时间久了,那些计划与规矩被他彻底抛在了脑后,留在脑中的,只有那些曾为他自己所不齿的为达目的不择手段,再次与我们相见时,他早已不是那个在起点处正能量满满的有志青年了。

其实,他的起步也还是他的结果,因为他并没有真正起步过,那些美好的计划只是涂在纸上的一幅画而已,而他从踏出偏离计划的那一步起,就已经注定了会有一个不美好的结果。

如今，朋友依然走在创业的路上，只是，无论他挣到了多少钱，却都依然无法激起我们的赞赏了，而他自己，也总会在宿醉之后流下悔恨的泪，我想，这是因为他想起了那个曾经如此美好的起点。

生活总是如此，把简单的变得越来越复杂，许多人将此归罪于纷繁复杂的社会，我却觉得，这是因为，他们没有守住自己的心。

心若迷失了，脚步就会走错方向，甚至没有了回首的机会。如果，我们能在每一次起步时都守住自己的心，擦亮自己的眼睛，那么，无论结果变幻成何种形式，它都是真实而唯一的。

生活与心灵的私语

　　生活很大，心灵只在小小的角落，但是，心灵若不接纳生活，生活便将落满尘土瞬间陈旧。生活，不过是心灵关上一扇门便可轻易屏蔽的浮光掠影而已。

　　可心灵无法离开生活，关闭那扇隔绝生活的门，心灵便只余下了黑暗与孤寂，便会有弥漫的忧伤充盈心灵，将生命存在的标志悄然隐去。

　　心灵将希望寄托于生活之中，如同将一粒星辰置于无边夜空，只要它闪烁着，哪怕光芒再微弱，也总有汩汩的力量自心灵深处涌动奔腾，只需虔诚地仰望与不停地追逐，一道璀璨夺目的银河终于会占据生活的全部。

　　生活是一个世界，心灵是另一个世界，两个世界能否融为一体，决定了一个人幸福或是伤痛的一生。

　　当一个人在生活中浮浮沉沉浑浑噩噩时，需要一个声音呼唤他的名字，这个声音将使他清醒，如同当头棒喝，又如同醍醐灌顶。

　　这个声音必然源于心灵，唯有心灵之声突如其来却又自然而然，柳暗花明峰回路转,心灵审视着生活的方向,辨别着收获的真伪,只需一声轻轻地呼唤,便能将酩酊大醉化作众醉独醒。

生活也在抱拥着心灵,用温暖、平静、简单、朴素,唯有与心灵面对,生活才会褪去浑浊与伪装,回归干净与澄明。

在彼此抱拥的过程中,生活与心灵之间还有低吟的私语。

"生活,你活成了我想象中幸福的样子。"

"心灵,我不过是披在你身上的外衣,要涂鸦何种色彩,便由你心而生。"

"生活,你滋润我成长,给予我智慧。"

"心灵,你开花的样子可真美!"

"生活,与你面对,我渐渐不再惊慌失措。"

"心灵,拥你入怀,我才有了存在的意义。"

生活是大千世界,心灵是芥子须弥,但是两者之间其实并没有什么不同,因为,聆听着它们彼此之间的私语,仿佛全世界的语言都藏在了这里。

幽幽书香可入梦

爱书之人，常常在入睡之前读一本喜欢的书，倦了困了，便将书置于枕畔，让一缕书香盈满梦境，将书中的静谧与美好铭刻心头，一本好书，一帘幽梦，如同入画的山水一般浑然天成，令人心向往之，如痴如醉。

再也没有比一缕书香更适合梦境的事物了，那些光怪陆离的梦境其实正是一个人内心最真实的表达，是一种无法言传只能意会的事物，在梦中，一个人可以身处任何场景，可以成为任何人物，一缕书香则是一场美梦最佳的背景，有它在，梦境中便弥漫了芬芳的雅意，有它在，梦境中便充盈了可人的温暖。

书香中暗藏着一个人最高远的理想与最朴素的善良，理想昭示着希望，善良积淀着温暖，光阴荏苒，岁月无声，一个人只有偎依着书香入眠，他心中的理想才能历久弥新，才不会湮灭在世俗的琐碎之中，他胸口的善良才能恒久长存滋养着有限的生命，才不至于在红尘十里名利场中迷失了自己。

书香滋润了梦境，也改变了一个人的人生，那些噩梦连连的人，一定没有读书思考的习惯，他们终日纠结于名利的计算之中，无法静下心来读一本属于沉思的书，那些无梦之人也不会拥有一本温暖的枕边书，他们将大好时光虚掷在蝇营狗苟的芜杂之中，将日子过成了一张简单复制的白纸，枯燥而无趣。

唯有真正的爱书之人，常常捧书沉思，常常枕书而眠，他的梦境之中才能融入一抹让人不觉微笑的书香，他的生命之中才能始终萦绕一缕氤氲不绝的书香。

书香盈袖，让一个人面对一切困境坎坷的时刻都能挥洒自如，书香满怀，让一个人走在任何一个地方都是众人尊敬的谦谦君子，书香入梦，宛如酿一杯生命的醇酒，简简单单却又芳香隽永，将一场美梦装点成了一座童话城堡，也为一个人有限的生命注入了无限的爱与温暖。

所有风都要穿越旷野

每一次回到乡下，我都会来到那片无比熟悉却又日渐陌生的旷野，一个人静静地待上几个小时，闭上双眼，放缓呼吸，一直到听见一阵风悄悄地穿过旷野，让风的色彩濡染心头，让风的平静涤洗尘埃，让风的自由充盈心胸。

少年时，母亲对我说，所有风都要穿过旷野，唯有如此，它才能真正拥有一段风骨，一缕芬芳。我不知道，文化水平不高的母亲如何说出了这样一段充满诗意的话语，但在懵懂之中，我却能感受到她满满的爱意与期许，仿佛她知道，未来的我必然会像一阵风一般远离这个宁静的村落，也必然会像一阵风一样最终回归这片无垠的旷野。

旷野中，有少年时的伙伴，虽然此时已经分飞四方，我却在一阵路过的风中嗅到了他们的气息，那些远隔重洋的，那些咫尺天涯的，那些长眠大地的，都在一阵风的携引下重归故地，在这片似乎从未改变的旷野中扎下根来，遥寄我几分思念与忧伤，让彼此间的悠悠过往再次浮现脑海。

他们多像那些穿过旷野的风啊，浪迹天涯，从未消歇，却又充满了浓浓的思念味道，仿佛只有这从未改变的旷野，才能承托起那份展翅远飞的希冀。

　　风中，有蜿蜒的小路和曲折的呼哨声，小路渐行渐远，呼哨声长短不一，每一个路过的人都会捡起一串呼哨，都会踏出一条属于自己的小路，都会留下几声叹息，在这片几乎凝固了时光的旷野，岁月流逝是如此的清晰，醒目得令人泫然欲泣。

　　时光会让一片旷野更加荒凉，会为穿过旷野的人洒满一身征尘，会在一阵或疾或缓的风里留下几个音符，高唱一首无字歌，让垂头丧气的人再度昂首，让低头沉思的人会心微笑，让极目远眺的人收获一片辽远，或许，这才是一阵风必然要穿过旷野的根源所在。

　　原来，旷野中盘旋的并非只有鹰隼，还有一双深邃的眼睛，那些穿过旷野的风就是那些最初的爱与自由，凝望着旷野中的风，就会看到最本真与最高远的人生。

　　母亲口中的风骨，无质无形，却撑直了佝偻的腰背，母亲所说的芬芳，无声无息，却隽永了平凡的生命，那些旷野中的风，那片风中的旷野，彼此间的相遇如同一场绝美的长吻，悄然绽放出了如怡的甜蜜与永恒的光荣。

一条鱼儿眼中的天空

周末闲来无事,便和一众朋友驱车野钓,在翻滚着波浪的河边垂下诱饵,期待着能与一条水中的游鱼不期而遇,在河岸边,我们十几个人屏息静气一声不吭,在不远处的河流深处,却依稀看到一尾尾鱼儿游来游去不亦乐乎。

终于,一尾鱼儿上了我的钩,它咬着钩上的饵来回游动,提醒着岸边的我猎物已经上了钩,伴随着钓竿用力一甩,一尾肥大鲜活的鱼儿来到了岸边的青草丛中,岸上的沉默顿时被欢呼声打破,而水中的热闹则一下子消失无踪了。

水中,那些受惊的鱼儿迅速远离了危险,再也不看那些香甜的诱饵,而岸上欢呼的人则在宣泄着计谋得逞的得意,两者都忘了形。

我恍然明白,原来,岸边与水中就是隔着一根长长的丝线,我们这些钓鱼人,顺着丝线将岸上的安静传到了水中,却也顺着丝线将水中的热闹钓回了岸上。

上岸的鱼儿翻滚跳跃,一次比一次跳得更高,将细嫩的青草压得一片片倒伏下来，它身上细细的水珠也在四处飞溅，与青草尖上的露珠混为一体，掺杂了青草的绿与鱼儿的腥，曾经晶莹的水珠也变得混浊起来。

　　观看着在草丛中翻滚跳跃的鱼儿，我突然有了一个奇怪的想法，这条鱼儿，如此的拼命挣扎，固然是因为脱离了水而产生恐惧，是否也是因为第一次看到没有水幕阻隔的瓦蓝色天空，误以为这天空也是一汪倒扣的大海，充满了生机勃勃的水，便用尽全力也要跃入天空呢？

　　我捉住活蹦乱跳的鱼儿，把它放到小小的水桶之中，没想到它只有片刻的平静，很快就继续翻滚跳跃起来，撞得水桶咚咚作响，还溅起了三尺高的水花，鱼儿的表现更加让我笃定，它一定是因为看到了这片深蓝色的天空，误以为这天空就是传说中的大海，就是它的故乡。

　　朋友们看到鱼儿闹个不停，纷纷离开去找新的地方钓鱼去了，转眼之间，这片草地上只剩下了我和它。

　　为了让鱼儿安静下来，我必须找个东西盖上水桶，可是在行囊中摸索许久，却只找到了一面明亮的镜子，无奈之下，我只得将镜子扣在桶上，说来奇怪，这镜子一扣下去，鱼儿立刻便安静了下来，我好奇心起，悄悄掀开镜子一角，竟然看到那条鱼儿紧贴水面，一动不动，两只眼睛直直盯着镜子中的自己。

　　原来如此，或许，一条鱼儿从未见过自己的模样，现在突然看到一个与自己一举一动严丝合缝的同类，面对这个无比熟悉又无比陌生的自己，心中肯定异常好奇。为了验证我的猜想，我轻轻把镜子挪开，果不其然，鱼儿又开始对着天空躁动起来。

　　我探过头去，定睛望着这条鱼，看着它在水中翻滚不停，它的尾巴东扭一下西扭一下翻起小小浪花，嘴巴一张一翕吐出串串水泡，我的心中忽然一动，或许，这鱼儿根本不是躁动吧，它是在欢呼雀跃呢，因为它终于看到了清晰的天空，虽然要忍受缺氧的痛苦，却从此有了骄傲的资本。

它可以和其他鱼儿说，自己看到了蔚蓝色的大海，还有一朵朵白色的浪花，还有一条条长着翅膀的飞鱼，虽然有些呼吸不畅，有些气力不济，但一切都是值得的，因为自己终于见到了传说中的故乡。

　　想到这里，我禁不住笑了起来。

　　整整一个下午，我没有再去钓鱼，我就陪着这条鱼儿坐在绿油油的草地上，坐在初春的轻寒里，有那么一个瞬间，我觉得自己也变成了一条鱼，在这个缺氧的城市中打拼生活，总是在忍无可忍的时刻才发现一片崭新的天空，常常会面对各种各样的诱惑，常常要做出或难或易的选择，只是每一次，无论对错，总会有一个地方永远开着一扇接纳我的门，那个地方，也许叫故乡，也许叫家。

　　黄昏时分，我把鱼儿放回了水中，看着它游入河流深处消失不见，再望望天空，竟已有了几粒星辰，它们镶嵌在愈加幽蓝深邃的天空之中，仿佛那条鱼儿专注的眼睛，也仿佛这整整一个下午沉溺于感动与明悟之中的一个俗人的心灵。

温暖是寒冬的行李

走在严寒的冬季，心中总是不同自主地会升起一股苍凉与无力感，似乎源于外界的寒冷一下子便侵入了内心，让曾经热情满满的心失去了向前的动力。

相信许多人有着与我相同的感觉，在消极的季节里变得更加消极，寒冷如影随形挥之不去，让我们的工作与生活陷入另一种严冬，并陷入一遍遍的恶性循环。此时，我们便需要一件叫作"温暖"的行李。

这件行李其实并非难以寻找，它就藏在那些被我们忽略的细节里面。

清晨开车上班前，家人一声"注意安全"的叮嘱，到达单位后，同事一声"早上好"的问候，闲暇时给父母打个电话，父母一句"回家来吃饭"的邀请，简简单单的话语，都会衍生出点点滴滴的温暖，而且，这温暖的生命力是如此强大，永远不会被外界的寒冷所侵蚀，它们固守在心灵最深邃的角落里，偶一触碰，便能在瞬间解冻那颗在寒冬中瑟瑟发抖的心。

事实上，寒冷也并非总是一无是处，至少它会让我们变得坚强，让我们变得更加智慧，试想一下，如果在寒冷中仍然能够安静洒脱，能够在寒风中依然保持微笑从容，还有什么能够难倒我们呢？这样的人总是令人羡慕，而究其根源，他们之所以能够如此，便是他们总是随身携带着一件叫作"温暖"的行李。

大多数时候，我们不是没有抵御寒冷的勇气，只是缺少发现温暖的智慧，我们过于关注那些扑面而来的寒冷与困难，却忽略了那些早已佑护左右的温暖与关怀，而这才是导致我们总是轻易便被寒冷击败并变得颓废无助的根本原因。

行李总有负重，温暖也是，某种意义上来说，它就是我们行走人世间所应负担的责任，就是我们活在天地间需要实现的价值，就是我们不需要记起却又从不会忘记的那些爱与温情。

当我们明白了这一切，那件叫作"温暖"的行李，已经悄然融化了那些看些坚不可摧的寒冷，让我们的内心回归了那个生机盎然的春季。

眼中针心里刺

眼中有针的人，一定是位强人，针藏在眼里，让目光变得锐利，每一道目光都是在审视与权衡，每一次注视都是在思考与度量，强势尽显无遗。只是，与这样的强人相处，会让身边的人倍感压力，试想一下，在身边总有一个人居高临下审视着你，时刻准备挖掘你的缺点，时刻准备责备你的倦怠，彼此相处的空间大部分都会被眼中有针的人占据，会让其他人感到逼仄压抑，彼此间缺失安全感，进而会产生不平等的感觉。

如此看来，在一群人之中，眼中有针的人似乎是天然的核心与焦点，他们一定是充实而幸福的，但事实却恰恰相反。眼中有针的人，心里一定有一根刺，眼中的针射伤了他人，心中的刺却在不停伤害着自己。在他们的成长过程中，或许是受到了更多挫败，也或许是经历了太多欺骗，这让他们错误地认为，所有的成功都必须经历困苦，任何一个人都必须被戒备和被控制。

在这个追寻平和与宣扬平等的世界上，眼中有刺的人越来越不受欢迎，或许，他们的初心也是在帮助他人提升，却因为心中的刺而用错了方式，毕竟，润物无声与疾风骤雨虽然都可以滋养大地，却因为形式的不同造成了结果的差异，润物无声不仅是物质上的帮助，更是精神上的按摩，令人甘之若饴并心存感激，疾风骤雨却做不到无差别的滋养，那些弱小的与畏惧的，会因为种种原因受到伤害，剩下的获取雨露得到实惠的心中也没有任何感激之情，反而更多的是幸免于难的侥幸。

可是，一个不可忽略的事实却是，在我们身边，眼中有刺的人有越来越多的趋势，他们被心中的刺驱赶着，用眼中的针不断探索与刺痛着周围的人，伤害着别人也伤害着自己。

我相信，眼中有针的人也想改变自己，可大多数人却都浅尝辄止，究其原因，是他们总尝试着通过简单的行为来改变，却忽略了眼中针的根源来源于心中刺。

心中刺才是扎入一个人内心深处并不断生长的黑色种子，它源于恶劣的环境或无奈的境遇，却选择了用黑色与尖锐来应对一切，我想，只有用阳光与温暖融化这根顽固而冰冷的刺，那些眼中有针的人目光才会变得平和包容起来。

明白了这个道理，那些眼中有针心中有刺的人，是否会有所顿悟并付诸行动呢？

在心中留白

我问一位画家朋友，世界上最难画的事物是什么？是山，是水，是花，是人，还是天上的月亮与星辰？

他笑了笑，对我说，最难画的是那些不需要下笔的地方，简单一点说，就是留白。

见我迷惑，他说，留白看似简单，其实很难，因为留白处要以"空白"为载体，偏偏还要渲染出色彩与重量，这是一种意境，要远远高于绘画艺术本身。

听了他的话，我心中一动，若有所思。

其实，留白不仅存在于绘画之中，戏剧、文学、书法、音乐都需要适当留白，留白处空荡，方能包容发散的思想，留白处形态各异，才能衍生与之对应的情绪。

当然，相对于艺术创造中的留白，人生哲学中的留白更能发人深省，彰显智慧。现代社会，生存空间过度挤压灵魂空间，过于饱和的生存压力往往会让人失去休闲趣味和生活品质，五彩斑斓的生活看似丰富多彩目不暇接，实则让人心浮躁，灵感缺失，此时，属于个人的"留白"时间便显得弥足珍贵，"留白"处人心澄澈，心思单纯，做出的判断往往切中要害一语中的，"留白"处安静从容，典雅雍容，做每一件事情便能聚精会神事半功倍，"留白"处包容博大，滤浊留清，适于蓄力与积累，是追寻理想实践誓约的源泉所在。

少年时，母亲常对我说，别老是疯玩，要多看看书画些画，这样玩起来才更有趣味不会觉得腻；求学时，老师常对我说，别老是钻进课本里学个不停，要利用休息时间多走出室外，呼吸一下新鲜空气，看看蓝天白云，这样才不会头晕脑涨，才能学习得更好；成家后，妻子对我说，别为了事业拼搏得身心俱疲，把日子过成简单的复制，要适当地抛开一切，陪家人吃顿饭，看场电影，听场音乐会，在这些远离名利之地，才能收获人生最大的红利。

细细想来，人生的模样，其实与一卷画、一幅书法、一曲音乐并无二致，因为总是要求完美，常常会陷入急功近利的纠结之中，而滋生出的负能量一旦累加，便会产生恶性循环，终致人生不负重荷轰然坍塌，此时，便需在顺应时势大潮的同时，为个人生活留一寸张弛之隙，为疲沓灵魂觅一处栖息之地，适当地为人生留白，将积蓄的压力释放，把盈满的心灵放空，唯有如此，才能成就人生的最高境界，完成人生画卷最完美的落笔与升华。

提高现代文阅读和写作成绩的金钥匙

石兵作品
阅读试题详析详解

捞月亮的母亲

在那座川藏交界处的偏僻山村里,彼时我还只有二十出头,心性跳脱,常常只背着简单的行囊信马由缰,漫无目的地四处游荡,那座贫瘠的大山是我在天黑之后来到的地方。在一处平整的山坡,我支起随身携带的帐篷,准备在野外过上一夜,就在似睡非睡之际,我听到远处传来窸窸窣窣的声音。

我吃了一惊,以为是有野兽出没,顿时睡意全无,连忙小心地坐起身来,慢慢拉开帐篷一角,仔细寻找声音的来源,很快,顺着声响传来的方向,我看到一个提着水桶的女人领着一个脏兮兮的小男孩,披着漫山的月光从山下走来。

我屏住呼吸,这时已经接近午夜零时,居然还有人来山上汲水，种种灵异传说让我不寒而栗。可是，这两母子似乎根本没有注意到山路旁边突兀而出的帐篷，女人一手提着水桶，一手牵着男孩，两人一言不发，不疾不徐地走着，只是短短几分钟，便在我视野中只留下了模糊的背影。

好奇心最终让我战胜了恐惧，我走出帐篷，小心翼翼地循着她们的背影走去，走了大约半个小时，远远地，我看到母子俩停下了脚步，那里居然有一口水井，女人将水桶拴上绳子，放入井中，嘴里开始喃喃地说起了什么。

这时，我已经确定，这只是一对普通的山村母子，于是，我大着胆子走上几步，终于听到了女人说出的话语。

"只有这个时候，井里的月亮才最大最圆，狗儿莫急，娘给你捞一个上来，回家以后放在你的床前。"女人的乡音十分绵软，不像山里女子所固有的泼辣。

"娘，月亮落在水里，是不是就被洗干净了，不像在天上那样模糊着让人看不清楚了？"儿子稚嫩的声音充满着期待。

女人顿了一顿，说："狗儿说得对，月亮被水洗了以后，可好看了，就像狗儿的眼睛一样好看。"

听了母亲的话，小男孩笑了起来，奶声奶气的笑声顿时让幽黑沉默的大山有了勃勃生机。

母亲用力地在井中提出水桶，然后弓着腰提起水桶，另一只手牵着小男孩，吃力地踏上了归途，走上十几步，瘦弱的母亲就要休息一下，停下的时候，她抚摸着小男孩的头，再看看天上与桶里的月亮，神情中竟有掩不住的忧伤。

我不再犹豫，快步从低凹处走了出来，来到她们的面前。在寂静的午夜，这对母子竟对我这个不速之客没有丝毫不安与恐惧。

我说:"大嫂,我来帮你提水吧。"

女人没回答我,自顾自地说:"你是刚才路边帐篷里的游客吧,这山上很凉,收了帐篷跟我们到家里休息吧,本想下山时再叫醒你的,没想到你跟着我们上了山。"

我顿时恍然,原来,她早就发现路边的帐篷和我了,只是也许早已司空见惯,所以没有刻意多看几眼罢了。

走近以后,我才发现,小男孩的眼睛似乎有些问题,月光在他的眼中有些泛白,似乎隔了一层厚厚的雾。

女人对我说:"狗儿眼上有病,长了白疮,你们城里人叫白内障,我正在攒钱给他治,听说这病不难治,但是耗不起时间,要早治,这不白天,我上了一天工,给人纺丝线,晚上才能照管家里的田地,刚刚散了工,想起家里没水,才在这个时候上山,好在狗儿眼不好上不了学,不用担心明天他要早起。"

我没有再说话,默默地提起水桶,慢慢地跟着两母子下了山,经过帐篷时,我用最短的时间收拾好行囊,把它背在身上,然后执意再次提起水桶,一路来到了女人位于半山腰处的家里。

这个小村落只有三四十户人家,同样的贫穷让女人无法得到他人的帮助,可女人跟我说起这些时却一如既往的平静。她说,乡邻们已经帮了她很多,不能再麻烦人家了。

在家里,女人熟练地烧水给我喝,然后铺床,哄儿子睡觉,一切都像外面森严的大山一般井然有序。

我躺在外间屋原属于男人的床上,听到了两母子在睡前的交谈。

母亲说:"狗儿知道吗?你的眼睛跟天上的月亮一样好看,

娘就是这条命不要了,也要把它从水里捞上来,让你看清楚你想看的一切。"

或许是怕打扰,两母子说话的声音很轻很轻,我却早已听得泪流满面难以自抑。

第二天一早,我匆匆结束了旅行,回到城市,用最快的时间联系好医院,然后找朋友开车来到大山接这两母子去医治眼患。面对她们的道谢,我竟羞愧得无地自容。

时过境迁,那位捞月亮的母亲或许并不知道,她捞起的并非只有一份属于自己的美好愿望,更有一个旁观之人的迷途之心,只有我自己知道,当时的自己正因为一场懵懂爱情的破碎而选择了放逐与放纵,却忽略了这世间还有那么多更加珍贵的事物,譬如四处寻找我去向的焦虑父母,譬如被青春之雾迷失视线的纯真心灵,譬如这世间那么多的温暖与悲凉,伤痛与希望。

1. 以"我"的角度概括文章中描述的四个事件:
(1)_____(2)_____
(3)_____
"我"随母子回家,并了解母子情况 (4)_____

2. 请简述文章开头的作用?

3. 为什么"我"听到对话会哭得不能自已?

4. 母亲用力地在井中提出水桶,然后弓着腰提起水桶,另一只手牵着小男孩,吃力地踏上了归途,走上十几步,瘦弱的母亲就要休息一下,停下的时候,她抚摸着小男孩的头,再看看天上与桶里的月亮,神情中竟有掩不住的忧伤。

请赏析这句话。

5．请问题目《捞月亮的母亲》的含义？

参考答案：

1．（1）我独自在山中宿营。（2）我发现了一对母子到水井中打水捞月亮。（3）我随母子回家，并了解母子情况。（4）我离开大山后帮助母子，并完成心灵的自我救赎。

2．第1自然段交代了故事发生的地点，时间，以及我当时的生活状态，将故事的背景放在人烟罕至的大山中，能够充分引发读者好奇心，吸引读者继续读下去。

3．是被他们的善良与执着所感动，当山中母子不幸的命运而哭，同时也联想到了自己，想起了因为自己的任性出走而焦急的父母，因为认识到了自己的任性与自私羞愧而哭。

4．可能是对于细节的描写比较生动吧，譬如弓着腰，抚摸小孩的头，看天上和水中的两个月亮，刻画出母亲心中有着对于美好生活的希冀，却又要面对现实的无奈无助，还要在男孩面前掩饰自己的悲伤，通过描写这些母亲下意识的行为，将母亲内心的纠结、痛苦、悲凉、无助刻画得丝丝入扣，生动细致的描写勾勒出了一位坚强伟大善良细腻的母亲形象。

5．一是以月亮形容眼睛，孩子本该皎如明月的眼睛因病患变得模糊不清，预示着人世间那些令人无奈的痛苦和命运，二是以月亮的皎洁美好隐喻内心的希望与善良，虽然命运坎坷不幸，依然有着一颗如月亮般皎洁美好的慈爱之心。文章标题"捞月亮的母亲"含意较为丰富，既指为给孩子希望，也暗指通过观察母亲捞月亮的行为，把我这个旁观者的迷途之心捞了起来，让我认识到自己的错误，重新鼓起了生活的勇气。

布衣之交

　　谁也没有想到，退了休的张县长和修自行车的老刘头成了至交。

　　过去，张县长在任时，出入有专车接送，往来前呼后拥，他对于在县政府门口修自行车的老刘头基本上是视而不见的。只是偶尔，张县长在车上会看到坐在小马扎上摆摊的老刘头，也偶尔，张县长会询问一下秘书，在此处摆摊是不是符合规定？会不会影响市容？

　　其实，张县长也就是随口一问，他心里装的事实在太多了，根本没有余隙容纳老刘头这个平头老百姓，全县四十多万人，张县长批个项目下个指示，就能改变很多人的命运，他常常感到压力巨大。

　　张县长在这个县一待就是三十年，从基层办事员一步步升到一县之长，其间经历的风风雨雨不足为外人道也。当然，也不能对外人道，因为，官场上的事有许多都是说不清道不明的，这一点，张县长一直到退休也仍然有着许多搞不明白的地方。

　　退休那天，张县长老泪纵横，发表了一番感人肺腑的离别感言，却不料，走出办公楼大门后却患上了失语症。

　　回到家里，张县长的家人发现他不会说话了，走在外面，所有人都发现，这个常在电视里面侃侃而谈的县长沉默得像一块石头。

　　张县长爱上了闲逛，也偶尔会听听别人说话，但他很快发现，那些人说的话自己根本就不明白，吃喝拉撒有什么好说的，鸡零狗碎有什么好听的。张县长无奈，只得找自己的老下级们，可是，他很快发现，这些人对自己的态度变了，特别是原本百依百顺的王秘书，只是随意敷衍着自己，他服务的目标变成了新上任的李县长。百般无趣之下，张县长只得继续自己孤独的闲逛，为了走得更远，他还特意骑上了自己十多年没骑的那辆老自行车。

自行车十多年没骑，自然是毛病多多，不久就出了各种问题，此时，张县长突然想起了在政府大楼门前修自行车的老刘头。

当张县长来到老刘头摊前时，老刘头居然没认出这位就是当年本县叱咤风云的张县长，他一声"来喽您哪"竟让张县长感到一种莫名的温暖与亲切。

老刘头以为自己是普通老百姓，张县长也不点破，反而也真像个老百姓似的说起了家乡的土话。这话一出口，神奇的事情发生了，张县长竟然又会说话了，虽然不像在台上做报告一样咬文嚼字，却有着一种说不出的舒服畅快，说着说着，张县长发现自己竟然也说粗话脏话乡言俚语了。

就这样，张县长和老刘头成了好友，他每天都要骑自行车来到老刘头摊前聊天，老刘头三教九流无所不知，就连这政府大楼里面的各种隐秘也都了如指掌。至此，张县长这才知道了许多自己当年的奇闻逸事，什么讲排场好面子，什么好吹牛搞形式，张县长听得无地自容，禁不住跟着骂了一声："这个龟儿子，毛病恁多啊！"

不料老刘头却摇了摇头，说："老张啊，这话你说错了，这前任张县长虽然小毛病多,但大节上还是过得去啊,不贪污不受贿,也办了不少实事,如今安全着陆,也是喜事一件嘛。"

张县长听得目瞪口呆,想起当年他在车中对老刘头指指点点,禁不住脸红耳赤。

其实,张县长不知道的是,当年他在专车里对老刘头指指点点的时候,老刘头也在车屁股后面对着他指指点点,只不过,说的不是这符不符合规定影不影响市容,而是说,总有一天,这车里面坐的人也要和咱一样,变成个平头老百姓,拿个马扎坐在这儿,一坐就是一整天。

老刘头说得一点没错。

1. 下列对小说相关内容和艺术特色的分析鉴赏,不正确的一项是( )

A. 小说先写张县长和老刘头成为至交,然后展开故事情节,使用倒叙手法,打破叙事的正常顺序,引人入胜。

B. 张县长在任时,出入有专车接送,往来前呼后拥,卸任后却患上失语症,这是张县长强烈的权力欲望所致。

C. 小说中有伏笔。例如张县长在车上向秘书询问老刘头在县政府门口摆摊的细节,与后文修车聊天内容照应。

D. 在老刘头和张县长的交流中,老刘头的话,让张县长有了更多的反思,使他体悟到"布衣之交"的难能可贵。

2. 小说中张县长有哪些性格特点?请简要分析。

3. 小说以"老刘头说得一点没错"一句结尾有何意蕴?结合文本,加以分析。

参考答案：

1. B

2.（1）勤勉踏实。三十年时间，一步一个脚印，从基层办事员一直升到县长。（2）清正廉洁。老刘头说张县长不贪污受贿，办了不少实事。（3）重形式好面子。从老刘头谈论张县长的话语中得知。（4）有羞耻心。张县长想到往日行为面红耳赤。

3.（1）肯定了老刘头的看法：当年车里有身份（地位）的人，最终变成了平头百姓。（2）客观评说老刘头的为人：社会阅历丰富，对人事变化看得较为透彻。（3）丰富了小说的内涵：人应回归自然本真、坦诚相待。

父爱是一缕会说话的风

来到这个世界的第一天，他圆睁着大大的眼睛，第一次听了风的话语。那是个秋天的夜晚，他与一缕凉风共同被遗弃在公园的长椅上，夜深人静，他的哭泣渐渐变得悄无声息，只有一缕不绝的凉风擦过他的脸颊，将咸咸的泪水风干，也将他初涉人世的懵懂皱擦得斑驳不堪。

他被一对不知名的夫妻遗弃了，尽管这两人在血缘上曾与他骨肉相连，但看到他虽然圆睁却空洞无比的瞳孔时，两人还是选择把他放在了这个微凉的午夜，他根本没有选择的余地。

其实，他还是能感应到一丝光亮的，第二天清晨，正是熹微的晨光让精疲力竭的他再次发出了微弱的哭声，这游丝一般的声音借助风力四处发散，最终，引来了一双散发着温暖的有力大手，这双手轻轻抱起他小小的身躯，随即，一阵急促的热风吹到了他的脸上，他下意识地闭上眼睛，张大嘴巴，肆意呼吸着这蓬勃的温暖，很快，近乎冰冻的身体再次恢复了柔软。多年之后，养父告诉他，那时的他就像个被冻僵的小松鼠，两手一拢便能捧在手心，只消呵上几口气，便能温暖全身。

他患有先天性失明，只能感应到微弱的光，而且，他是早产儿，身子骨弱得像个泥人。养父把他送到医院，医生说这孩子九成九养不活，反正是个弃婴，送到民政局去吧。听了医生的话，养父什么话也没说，转身就走，把目瞪口呆的医生远远晾在了身后。

养父是个单身汉，靠在这个城市的建筑工地上打工为生，那时正是城市建设如火如荼的时候，所以养父并不缺活干。此后，养父在打工时便带着小小的他，养父做了一个简易的袋子，绑在自己身前，将他放在袋子里，这样养父一低头就能看到他，而他一呼吸就能嗅到那股略带咸涩却又暖烘烘的风，那是养父的呼吸。

每天夜里，养父会带他回到租住的地下室，给他冲泡省吃俭用买来的奶粉。起初，父亲把他放在床上喂奶水，他却执拗地把这金贵的奶水全部吐了出来，养父心疼，便把嘴凑过去舔他吐出的奶水，不料，养父的脸一贴近，他便立刻安静了下来。后来，养父便把他放入自己胸前的袋子，再拿勺子一点点喂他，或许是感应到了那股熟悉的温暖的呼吸声，他安静地喝下了所有奶水。

他的身子骨渐渐硬朗起来，四岁时已长到了近四十斤，但他还是喜欢赖在养父胸前的袋子里。养父对他说，有种叫袋鼠的动物，就是这样养活孩子。他兴奋地抚摸着养父胡子拉碴的脸庞，用稚嫩的声音大声说，原来，爸爸是个袋鼠啊。听了他的话，养父开心地哈哈大笑起来。

他就这样依偎在养父怀里度过了自己的童年，每天，他都会在养父熟悉的呼吸声中入睡，他喜欢把脸凑到养父脸上，这样他就能听到那阵会说话的暖风，是的，养父沉重的呼吸多么像一阵暖风啊，它用温暖的话语消融了那个秋夜里裹挟着他的凉风，给予了他生存下去的机会，并让他感受到了这个尘世的温暖。

在养父怀中的生活一直到他长到七岁，在巨大的体力劳动压迫下，养父再也无法像他小时候一样轻松地将他放在怀中了。那一年夏天，养父带他去了一所学校，那是一个路上洒满鹅卵石的地方，虽然地面不平，但细密的鹅卵石却让他的脚有了敏锐的感觉，他第一次有了放开养父牵着自己的大手的冲动，后来，在小心翼翼地走过几步后，他不知不觉间便放开了养父的手，接下来的路，从小心翼翼到坚定自信，他付出了摔过上百跤的代价，虽然全身上下无处不疼，但他却咬着牙没有掉一滴泪。他不知道，在离他不远的地方，自己的养父紧紧咬着粗糙的手指，已经哭成了一个泪人。

在这所盲童学校，他渐渐长大了，或许是因为失明的缘故，他的听力异常敏锐，可以辨别非常纷杂或是细小的声音，特别是对于音乐有着超乎寻常的洞察力。他喜欢听贝多芬的《命运交响曲》，每一次听都会泪流满面，在他十七岁时，老师告诉他，贝多芬在创作这首乐曲时已经双耳失聪，那一刻，他的灵魂被深深触动了，就是在那一刻，他定下了自己一生的理想，成为一名钢琴调音师。

他把自己的理想告诉了养父，并对养父说，他会用作调音师的收入来为养父养老。听了他的话，养父沉默了许久，突然哇的一声哭了出来，养父一把抱过他，那股熟悉的暖风再次在他耳边脸际呼啸起来，他感应着父亲环抱自己的双手，突然心疼地发现，父亲的手已经不再那么有力了，他下意识地用力，紧了紧环抱父亲脊背的双手，却惊恐地发现，父亲的脊背有着明显的弧度，而且就像一座破败的拱桥般坑洼不平，刹那间，他明白了，正是由于长年把他抱在胸前而不是背在身后，父亲的腰才会深深地弯了下去。

接下来，为了父亲，也为了实现自己的理想，他开始了近乎残酷的学习，钢琴的二百多根琴弦，八千多个零件，他都要一一仔细触摸，摸清它们的调整和排列规律，对每一个音键的音准他都要听不下千遍，绝不允许出现任何差错。一年后，他成功通过考试，成了市里最年轻的钢琴调音师。

他有了工作，并渐渐有了名气，生活渐渐好了起来，他让养父不要再四处打工了，他能养活这个家了，但出乎他意料的是，养父拒绝了他。

他问起原因，养父告诉他，如果自己不是四处打工，根本就不会捡到他，这些年来，虽然日子过得又苦又累，但从来没有后悔过，可是有一件事，他始终觉得愧疚。

养父告诉他，他六岁时，有一对夫妻找到养父，他们说他是自己的儿子，当年因为一念之差遗弃了他，却发现从此无法再生育了，现在，他们想要回他。那个女人说，她已经打听到一个医院可以做一种角膜移植手术，虽然成功率只有三成，但还是应当一试的，因为，这是孩子一生能否重见光明的最后机会了，年纪再大一些也许手术就来不及了。

　　起初，这两人一说明来意，养父就想把孩子还给他们，毕竟让孩子跟着自己太苦了，但听到后来女人说要给他做手术，而且成功率只有三成时，养父突然有了一股莫名的怒火，他不由分说地将两人赶出了门外，他知道，他们始终还是对孩子的眼睛心存芥蒂，如果手术不成功，孩子的命运如何他实在不敢推想。

　　说到这里，养父叹了口气，对他说，也许自己错了，如果当时把他还给亲生父母，也许他的眼睛就会好了，而且会少吃很多苦。说着说着，养父的腰背深深地弯了下去，他模模糊糊地感觉到，曾经在自己面前屹立如山的养父竟然如一把稻草般无力地垮塌了下来。

　　他呆呆地站立着，养父说的这件事让他震惊不已，他竟然听到了自己亲生父母的消息，这是他无数次想要探知的身世秘密啊。

　　父子俩茫然站立着，时间仿佛陷入了停顿，突然，他听到养父喃喃地说，乖儿不哭，爹爹这样干活是累点，但是，如果把你背在身后，就看不到你了，爹爹怕看不到你啊。

　　养父的话如同一道惊雷，惊醒了木然呆立的他。他刹那间热泪盈眶，再也无法忍耐，一把扑入了养父怀中，泪如泉涌。他伤心地发现，这曾经无比宽阔的胸膛竟已是如此干瘦，他把脸俯在了父亲脸上，随着父亲的喃喃自语，那股熟悉的风再次在他耳边响起了。

　　此刻，他那可以准确辨别每一个微小音阶的耳朵，却无法听清这熟悉的风的话语，那是源自灵魂深处的梵音流觞啊，是只

13

有心灵才能感知的隐秘偈语。就在这一刻,他无比笃定地告诉自己,这位平凡如尘的养父,纵然已瘦小如斯弱不禁风,却已是自己生命存在的全部意义。

他思虑良久,还是没有把心底的那句话告诉养父,那些所谓的骨血双亲,还是让他们随时光消逝吧,如果没有养父那灼热的呼吸风声,也许自己早已缺失了在这个世上继续生存的勇气和机会。

他慢慢扶起养父,将养父的身体揽入了自己已经长大成人的胸膛,此刻,他的胸膛宽广而温暖,而养父,这个与他命运相同的不幸弃婴也终于找到了一个可以安心依靠的地方。

1. 《父爱是一缕会说话的风》的题目有什么好处?找出文中呼应的情节。

2. 本文讲述了什么?

3. 赏析句子。

他那可以准确辨别每一个微小音阶的耳朵,却无法听清这熟悉的风的话语,那是源自灵魂深处的梵音流觞啊,是只有心灵才能感知的隐秘偈语。

4. 文中的养父与儿子是什么样的人?

参考答案:

1. 题目紧扣故事情节,就是反复出现的父亲的呼吸,令人在阅读过程中逐步理解题目,并被深深感动。呼应段落:"自从有了他之后,养父便做了一个简易的袋子,将他放在袋子里,绑在自己身前,这样养父一低头就能看到他,而他一呼吸就能嗅到那股略带咸涩却又暖烘烘的风,那是养父的呼吸。"

2.(1)他出生的第一天就因失明被父母遗弃,单身的建筑工地打工者收养了他,十几年对他不离不弃,把他培养成了市里最年轻的钢琴调音师。

(2)因为他的生母想给他做角膜移植手术,而手术的成功率只有三成,养父担心如果手术失败,他的生母会再次嫌弃他。因为对他的命运担忧,所以养父把他的亲生父母赶出门,没有把他还给他们。

3.平淡的叙述表现出养父对他真挚的爱,朴实的语言表达了他对养父的深深感激之情。

4.文中的养父不是生父但胜似生父,是养父收养了被亲生父母遗弃的他,十几年不离不弃,含辛茹苦地把他养大成人。如果没有养父,他也许早已失去生存的勇气和机会,文中那位平凡如尘的养父,给了他第二次生命,养父是他这一生都应感恩和回报的人。文中的儿子虽然眼盲,却拥有一颗积极向上的心,并没有因为身体的缺陷而自暴自弃,而是通过努力成了钢琴调音师。此外,他还拥有一颗感恩的心,他感恩养父的十几年不离不弃的艰难养育。

黑暗中的花香

五岁那年他失明了,起初,他并不知道究竟发生了什么事,不停地问母亲,为什么总是黑夜,为什么不打开灯?

母亲告诉他,他头顶有一块乌云,挡住了太阳和所有的灯光,不过不用害怕,虽然不能见到光明,但乌云挡不住太阳散发的温暖，用心感受世界还是暖烘烘的。

他似懂非懂，却突然雀跃了起来，妈妈没有骗我，天上真的有乌云呢，有雨落在我手背上了。母亲的身体微微颤抖着，紧接着，有更多的雨落在他的手背上、脸颊上，雨水咸咸的、涩涩的，那是母亲的眼泪。

黑暗中，他的听觉变得异常灵敏，甚至能听到一朵花开放的声音。有一天，他听到角落里传来细微的"噼叭"声，于是摸着墙壁走到角落，他伸手轻轻触摸，发现那儿有一盆植物，一股香气随着他的触摸在空气中弥漫开来，那是一种淡淡的无可名状的味道，像是光明的味道。

母亲告诉他，那是一盆菊花。从此后，他爱上这盆花，他触摸它的枝叶，会感到凉润沁心，聆听花开，则会在心中打开一扇门，恍惚中，有一束光注入他黑色的世界。时光的流逝静寂无声，他渐渐顺从了黑暗，没有了最初的恐惧，反而变得有些依恋起来。直到有一天，父母告诉他要上学了，那个学校很好，虽然仍然黑暗，却充满了花香。

随着父母跌跌撞撞走出家门，听到大街上车水马龙的声音时，他的身体变得僵硬起来，他感到强烈的阳光照射在自己身上，那温暖有些燥热，令他平静的心剧烈地跳动。

他进入的是一所盲人学校，果然如父母所说，这儿充满了淡淡的花香味道，在穿过一段坑洼不平的林荫道时，他感觉到阳光忽明忽暗，他紧紧握住父母的手，害怕自己会迷失方向。那一天，他不知走了多少路，最后来到了一个陌生的房间，然后，他听到了一个温柔的声音在叫他的名字，你好，请坐下吧。

他坐了下来，父母不知何时松开了手，他无所适从地四处摸索着，突然摸到了一个四四方方的桌子，这时，他嗅到了一股熟悉的花香，循着花香探去，果然，家中角落里那盆菊被放在了桌子的一角，在熟悉的花香环绕下，他的心渐渐平静了下来，然后，他听到四周传来了他异常熟悉的声音，那是一种呼吸的声音，只有身处黑暗之中的人才会那样呼吸，细微、悠长、平静……

在这里，他遇到了很多与他一样身处黑暗的年轻人，他学会了许多，生活能自理了，可以用盲文阅读书籍，甚至可以在操场跑道上与人赛跑。他逐渐长大了，有了很多朋友，他觉得黑色不再是单调而封闭的，相反，黑色是深邃而包容的，他热爱上了生活，感受到了生活的温暖与另一种源自灵魂深处的光明。

每天的课程很多，但他每天都会雷打不动地伺候桌上的菊花，老师告诉他，这种菊花叫作墨菊，虽然朴质无华，却端庄稳重，在花的世界里，墨菊惬意舒缓、洒脱娴静、隽永鲜活、醇厚如酒，将其融汇到心境中，会凝聚起一份自然天成，飘逸出一份清绝品格。

他听得悠然神往，心中暗暗下了决心，自己也要做一朵墨菊，在黑暗中散发出淡淡的花香，把平凡的生命沉淀成一杯醇香的酒。

1．标题中"花香"除了指菊花的香味之外，还有什么特殊含义？

2．面对生活的遭遇，"他"经历了哪些情感上的变化？

3．文中有三件事体现了父母对"他"的精心呵护，请简要概括。

4．为什么"他觉得黑色不再是单调而封闭的，相反，黑色是深邃而包容的"？你从"他"的故事感悟到什么？

5．本文着重从触觉、听觉和嗅觉对"他"的内心展开描写，请从文中举一例简要分析这样写的好处。

参考答案：

1．父母的关爱；老师的教导。

【解析】这里考查理解标题含义的能力。从近几年试题发展趋势看，要求阐释标题含义的题目不少。标题中的关键词往往为一种具体事物，具有多层含义，除了表面意义之外，文章还赋予了它一种深刻的内涵，甚至还有第三种更深刻、更深远的内涵。学生能理解标题的手法，明确标题的风格特点和作用。这里要能理解出"父母老师的关爱"。

试题分析：学生整体感知文本内容，了解散文的组材线索，根据故事情节的变化来感知文本内容，理解人物的情感变化过程，能做到故事情节和人物的情感变化相一致，学生表述合理即可。

考点：这里体会文章中人物思想情感的变化。

2．从"最初的恐惧"→渐渐顺从→有些依恋（渐渐平静）→热爱上了生活。

【解析】这里体会文章中人物思想情感的变化。学生整体感知文本内容，了解散文的组材线索，根据故事情节的变化来感知文本内容，理解人物的情感变化过程，能做到故事情节和人物的情感变化相一致，学生表述合理即可。

3．(1)母亲用善意的谎言告诉他失明的原因。(2)母亲在墙角为他放置一盆菊花，用花香驱散他的恐惧。(3)父母亲把他送到盲人学校并把那盆菊花放在他书桌的角落，让他在熟悉的环境中学习。

【解析】概括文章的内容，一定要围绕具体描写的事件来概括，比如本题，学生应围绕"母亲关爱"这一主题来概括，当然，在概括时，还要注意语言的简洁性。

考点：归纳内容要点，概括中心意思。

4．因为他热爱上了生活，感受到了生活的温暖与另一种源自灵魂深处的光明。

感悟：生命的质量并不取决于你的眼睛看到的景色，而取决于你的灵魂感知到的美好，如此，才能把平凡的生命沉淀成一杯醇香的酒。（意思对即可）

【解析】对作品进行个性化阅读和有创意的解读。这是一种开放题型，近几年中考中经常出现，学生在读懂原文基础上，从不同角度进行解读，然后将自己的理解表述出来，主要考查学生把握文体和文章内容的能力。

5．举例：他触摸它的枝叶，会感到凉润沁心，聆听花开，则会在心中打开一扇门。

分析：这句话从触觉和听觉两方面写出了花带给他的凉润与豁然开朗。

【解析】分析作品描写手法。人物描写及作用作答方法：学生了解常用的外貌肖像、动作行为等人物描写手段，明确每一种人物描写手段对刻画人物性格的作用。这里应理解心理描写具有形象生动地反映出人物的××思想，揭示了人物的××性格或者××品质的作用。学生能结合具体语言环境来进行分析。

19

收集黑暗的人

　　穿过窄窄的街巷,他又开始了新一天的买卖。

　　与其他的生意人不同,他的买卖从夜晚开始。每当夜晚来临,他就会离开家,沿着城市的缝隙一点点前行——他把那些高楼大厦与平坦街道间的九十度夹角处叫作城市的缝隙。在他看来,只有在这条缝隙中讨生活的人,才有他要寻找的事物。

　　那一天,他在一处缝隙发现一个衣衫褴褛的年轻人。那年轻人皮肤焦黄,神情委顿。他走上前云,询问了几句话,没有得到任何回答。于是,他在年轻人旁边坐了下来,整整一个晚上,他都陪着年轻人一同仰望星空。他一共发现了七颗流星,而年轻人在他的指引下同样看到了这七颗流星。伴随着流星一颗颗划过苍穹,年轻人眼中的生机也开始变得蓬勃起来。

　　年轻人告诉他,自己家乡的星空更加干净,那里的星星像在村口的潭水中洗过一样,闪闪发亮晶莹欲滴,如果不是因为自己向往城市的灯红酒绿纸醉金迷,他是不会抛开它们来到这儿的。可是,这座城市太坚硬了,击碎了自己所有的勇气,只留下这一道黑暗的狭窄缝隙。

　　清晨,他离开时,年轻人已经睡着了。他用力凝视着年轻人睫毛间凝结的细小露珠,发现那些露珠闪烁着微弱而坚定的光,他禁不住微笑起来。这个夜晚,他知道了年轻人所有的经历,也告诉了年轻人自己的经历,两个人从不言不语到无话不谈,最后还掰手腕比了力气,又击掌为誓定下了关于未来的计划。年轻人告诉他，这将是自己在这个缝隙中的最后一夜。那一刻，他又成功地收集了一片黑暗。

还有一次，他在一个散发着恶臭的垃圾箱旁边，发现了一位衣着光鲜的中年人。那个人满面油光宿醉未醒，脸上有一道长长的刀疤。他在中年人身边坐下，耐心地等着他醒来。午夜，中年人醒了，他并没有发现身边多了一个人，嘴里开始喃喃不休，他痛骂了那个背叛朋友与亲人的家伙，控诉着他的伪善与卑劣，并立誓要在他罪恶的脸上留下一道长长的刀疤。中年人一边说，一边抚摸着自己的脸，痛哭不已。

他在一旁认真聆听着中年人含糊不清的话语，时而点头，时而摇头，最后，他摸索着将手探上了中年人脸上的伤疤，轻轻地对中年人说：这个刀疤一定是用一柄黑色的刀制造出来的，因为它身上有黑夜的味道，有些冷，也有些寂静。中年人这才发现黑暗中还有一个人，他惊恐地看着那个人，却发现在无边的黑暗中，自己什么也看不见，只能感觉到一只手传递过来的温暖。

中年人是偎在他怀中睡去的，醒来时，那个拥有温暖怀抱的人已不知所终。一切仿佛一场梦，但中年人依然清晰记得那人所说的话。那人说：我用一夜的时光买去了你内心的黑暗，这笔买卖希望你能满意。

每一个黑夜，他的脚步周而复始，遇到的人各不相同，但他们都陷在缝隙中，心里都有一片黑暗值得他去赎买。

他也对所有在缝隙中被黑暗包裹的人讲述了自己的故事。他是个收集黑暗的人，几年前因为一场眼疾，他的双眼只能感知微弱的光，而那时的他刚刚实现了一生中最大的抱负——成为世界上最大的图书馆的馆长。后来，经过长长的煎熬与思虑，他发现，相对于阳光下的空无一物，自己在黑暗中反而更能看清一些事物，而这些黑暗的事物经由他的收集与过滤，会生发出一种深邃隽永的光。于是，他决定做一个收集黑暗的人。

从此后，白天，他在图书馆听人读书，在黑暗中感受光明；夜晚，他在缝隙处给人讲故事，用光明救赎黑暗。自始至终，他都没有对那些被买走黑暗的人提及自己的名字叫博尔赫斯。

只有他自己明白，收集黑暗的人，是因为内心有光明。

1. 标题有什么好处？
2. 概括第3段画线句子的表达效果。
3. 概括博尔赫斯收集到的黑暗。
4. 第9段博尔赫斯眼疾有什么作用？

参考答案：

1. 设置悬念吸引读者阅读兴趣，高度概括文章内容，塑造了人物形象，收集黑暗是因为他内心有光明。

2. 神态描写和下文奋斗后失败的内容做铺垫和他被收走黑暗充满活力自信形成鲜明对比。

3. 年轻人从农村到城市闯荡，遇到失败内心苦闷，中年人被朋友亲人背叛的痛苦。

4. 这个情节表明收集黑暗的人的经历，他也曾处在黑暗中，不仅能够坚强面对，而且能帮助他人驱除黑暗，塑造他的光辉形象，点出文章主题。

王老与老王

在大学教了一辈子书的王教授退休了。没有了繁忙的工作，王教授觉得无所事事，他喜欢下象棋，就开始寻找棋友。很快，他找到一个棋友，是在工厂里干了一辈子车工的王师傅。虽然王师傅当了一辈子工人，可是象棋下得非常好，两人下了个旗鼓相当，很快就成了好友。

这天，有个学生来找王教授，看到王教授和王师傅正在下棋，学生禁不住皱起了眉头，他悄悄跟王教授说：王老，您怎么跟老王一起下棋呢？他就是个工人，什么都不懂。

王教授心中不悦，说：老王是我的棋友，我不跟他下棋，难道跟你这个一天到晚忙个不停的小伙子下？

学生被教训了一顿，悻悻地走了，但是一边的王师傅却从两人的交谈中觉察到一点儿什么，脸色有些不对劲儿。

又过了几天，王教授的另一名学生给他带来一副玉制的象棋，棋子晶莹剔透，令王教授爱不释手。

学生走后，王教授出门去下棋，一得意，就跟王师傅说了自己有一副玉象棋的事。王师傅马上说想见识一下，最好能用玉象棋杀上一盘，王教授满口答应，马上回家拿玉象棋去了。

拿着玉象棋，王教授正准备出门，突然想起了送棋的学生临走前说的话。

那位已身为某部门实权人物的学生说：王老，您德高望重，退了休一是要好好保重身体，二是要注意形象，我们是您的生，可是以您为荣啊！

想着学生的话，再想起每天头发乱蓬蓬不修边幅的王师傅，王教授心中犹豫了，思虑再三，他最终还是把玉象棋放下了。

见了王师傅，王教授语焉不详地说：那棋的包装上有说明，只能观赏不能真下，所以就没拿来。

王师傅一见这情形，也就不再多说。当天两人又下了一盘棋，但都心不在焉，不久就各自找借口离开了。

这以后，王教授再找王师傅下棋，王师傅总以各种理由推脱，于是，王教授又没了棋友。

王教授心中郁闷，不久就得了一场病。学生们都来看他，一口一个王老地叫着，送来的礼品堆满了病房，但王教授还是愁眉不展。

出院后，王教授第一时间找到了王师傅，他拿出玉象棋要和王师傅下一盘，但是王师傅说家中有事，转身就要走。王教授急了，一把扯住王师傅。

王师傅看了王教授一眼，叹了口气，说："王教授啊，你是王老，我是老王，差距真是太大了，老了老了，没想到还是看不开这些啊！"说完，他叹了口气，独自走了。

听了王师傅的话，王教授的脸涨得通红，他突然用力地把玉象棋摔在地上，骂了一句粗话："妈的，狗屁王老，老子姓王，老王！"

1. 文中王教授是个什么样的人？
2. 学生被教训了一顿，悻悻地走了，但是一边的王师傅却从两人的交谈中觉察到一点儿什么，脸色有些不对劲儿。王师傅从中听出什么？

3．"妈的，狗屁王老，老子姓王，老王！"一向注重形象的王教授为什么会这样说？

4．王老与老王，这标题很有特色，请你进行简单赏析。

参考答案：

1．有文化，有身份，爱面子，自私的人。

2．王师傅听出：王教授的学生看不起自己，觉得王教授和王师傅的地位不一样。

3．王教授意识到自己的自私和爱面子使自己失去了一个棋友，也意识到自己不应该太高估自己。

4．王老与老王，是两个一样的字，但是顺序不一样，代表的人物和表达的意思都不同。

油灯中的父亲

一盏油灯／陪我走过了／一段最孤寂的路／如今／油尽了／灯却未枯。

他俯身在病重的父亲榻前，流着泪读出了这首小诗。床边的小桌上，一盏小油灯点缀着微弱的光芒，在两个男人长短不一的呼吸中摇曳不止。

这盏小油灯比他还要年长，这是父亲当年下乡时母亲送给他的。只是，在他的印象中，母亲的形象早已模糊，她给予他温暖甚至还不如这盏小油灯。

二十世纪七十年代初，在短暂的知青生涯结束后，父亲带着他回到了城市，陪他一起归来的，不是母亲，而是这盏小油灯。从此后，母亲成了一个陌生的名词。

关于母亲的去向，其中的真相不甚了了，只在父亲的一次酒醉后稍显端倪。那一次，父亲喝得人事不知，却死死抱着那盏小油灯，他一次次小心翼翼地为它添加灯油，却因为醉眼迷蒙一次次将灯油洒在地上，最后，父亲突然哭了起来，他低低啜泣着，嘴中不时掺杂着模糊不清的话语。

父亲说，走就走了，为什么要留下一盏灯，留下这个念想。你知道吗？孩子都这么大了，还没见过娘。

那一刻，时年六岁的他就在不远处的床上假寐，父亲的话更加坚定了他心中所想，一定是母亲抛弃了他和父亲，可狠心的母亲却留下了一盏灯，让父亲在无尽岁月中守候着孤独。

从此，他恨上了那盏油灯，很多次，他想摔碎这个乌黑破旧的铁疙瘩，可一想起父亲小心翼翼为它添加灯油的模样，他就再也下不了手。

或许是发现了他有毁坏油灯的想法，父亲更加珍视这盏油灯，除了上班，父亲几乎一直把它带在身边，每天晚上，把电灯关闭后，父亲会悄悄点亮油灯。无数次，他午夜梦回，都会见到父亲正在痴痴面对着油灯流泪，琥珀色的灯油在灰黑色的油灯中燃烧，散发出雾白色的光，映照在父亲沟壑遍布的脸颊上，像一场幻梦般挥之不去。

渐渐地，他长大了，习惯了油灯的存在。他渐渐明白，油灯已成为父亲的一种寄托，支撑着父亲走过艰难的人世。这些年，父亲一直没有续弦，父子俩相依为命，其中的艰辛罄竹难书，他不知道父亲为什么会这样选择，这疑问就像母亲的去向一样令人费解。他发现，自己仍然有许多秘密并不知晓。

他相信，秘密就在那盏油灯里，因为父亲近乎疯狂地珍惜着这盏油灯。他清晰地记得每一次父亲为油灯添加灯油的情景：父亲眼中充满柔情，双手微微颤抖着，一手将灯芯挑起，一手用油壶将灯油缓缓倒入灯槽，那一刻，父亲的神态与平日的浑噩呆板判若两人，他神情专注精神奕奕。他觉得，只有在这一刻，父亲才像是一个活生生的人。

终于有一天，趁着父亲上班，他悄悄回到家中，拉上窗帘，点亮油灯，他仔细观察着那盏油灯，认真抚摸着油灯的每一寸身体，竟然在油灯底部发现了一排小小的斑驳，那像是一行字。他翻过油灯，不顾滚烫的灯油流向手背，终于看到了那改变了他一生的八个字：小小油灯，点亮一生。

这如箴言般温暖深情的字句没有任何落款，字体也并不端正优美，甚至有些歪歪扭扭，但当他看到这八个字，却立刻断定，这一定是他未曾谋面的母亲留下的。他看到，那行字虽然经历岁月磨蚀却依然光滑而醒目，这显然要归功于父亲数十年来从未间断的抚摸与擦拭。

以后的岁月里，他一直在思考这八个字的含义，却总是不得甚解。一直到去年，年迈的父亲突然病倒在床，按照父亲的要求，每天夜里，他都要将放在父亲床头的油灯点亮，伴随着油灯的一次次点亮，这些年来，关于父亲与油灯的点点滴滴突然涌上心头，他感到一股难以抑制的情绪在心头翻涌，便提笔写下了一首关于油灯和父亲的小诗。

他把诗读给了父亲听,听着儿子为一盏油灯作的诗,父亲哭了。弥留之际,父亲终于说出了那个埋藏一生的秘密:你娘没有抛弃我,相反,当所有人都抛弃我的时候是她收留了我。可是,她的命苦啊,你出生时,你娘大出血落下了病根,你两岁时,一场急病就让她匆匆走了,她走前对我说,要我回城后再给你找个娘,她还要我别告诉你娘是个不识字的农村女人。她只留下了这盏灯,每一次点亮灯,我好像就看到了她。

听着父亲吃力的话语,他不由得将目光转移向一旁的小油灯。微弱的灯光中,他似乎看到了那个未曾谋面的母亲,她微微笑着,在模糊的光里凝望着父亲和他,恍惚中,他看到,父亲竟也进入了那盏油灯。

父亲走后,那盏油灯便属于他了。每个夜晚,他都会习惯性地点亮油灯,有时,他发现灯油不多了,便会为它添加灯油,添加灯油时,他目光虔诚小心翼翼,他觉得,这个时候自己像极了父亲。

1. "小油灯"在文中的作用有哪些?
2. 文章以一首小诗开头,有什么作用?
3. 文中的他对母亲的看法先后发生了怎样的变化?
4. 如何理解"恍惚中,他看到,父亲竟也进入了那盏油灯"这句话的含义?
5. 文章感人至深,请从文中找出最使你感动的句子,并简要赏析。

参考答案：

1. 答：一是本文的线索，二是象征着母亲对父亲和他的爱，三是寄托着父亲对母亲的思念与爱。

2. 这首小诗暗示了母亲对父亲的爱，暗示母亲虽去，爱仍在，同时，为文章定下了温暖的感情基调。

3. 之前他认为是母亲抛弃了他与父亲，恨母亲，后来，他懂得了母亲的爱与无奈，充满对母亲的思念。

4. 暗示父亲快不行了，在儿子眼里，父亲和母亲合在了一起，都成了烛火，用爱为他照亮了生命。

5. 示例，最后一段。文章结尾儿子小心翼翼地点亮油灯和添加灯油的情节最令我感动，虽然父亲都不在了，但爱仍在，儿子目光虔诚、小心翼翼地呵护灯是爱，是思念。他不会感到孤独，因为父亲和母亲的爱都在。

像男子汉一样活着

【阅读导引】

这篇短文记叙了"我"和父母吵架而离家出走踏上了远去的列车，在火车上遇到一位大学生帮助"我"，和"我"聊天，消除了"我"心中的愤懑，懂得了自己肩负的责任，最终回到父母身边的故事。表达了人要有勇气和担当的主题，很好地诠释了男子汉的内涵。

全文按照事件发展的先后顺序记叙，同时也有在叙述中插入一些必要的交代，如"我"怎么会在春节前夕独自坐火车的原因。文中有不少"我"和大哥对话，符合人物身份特点，这篇短文虽然短小，却有引子和尾声。开头一段如引子，简略交代事件的前因，然后在第②段才进入故事的开始。而结尾部分则作为补充交代，表现对这段往事有深刻的记忆，是自己的人生道路上不可缺少的一笔财富。

① 17岁那年的春节前夕，我离家独自一人踏上了远去的列车。车上人满为患，坐在靠窗的座位上，我的心难以平静。

② 突然，对面座位发出一阵惊天动地的鼾声，我吓了一跳，看样子，打鼾的是个农民工。我忍不住咳嗽了几声。那位农民工猛地睁开眼，打量了我一下，顿了顿，才开口道："同学，请问现在几点了？"说话字正腔圆，态度谦和。我好奇心一下子给吊起来，同他聊了起来。

③ 没想到他竟然是个在校大学生！攀谈中得知，他是个山里人，家境不好，所以常去建筑工地做夜工。他有个妹妹，年纪跟我差不多，平时上学要翻十多里山路，双脚经常磨起血泡，可妹妹成绩非常好，他打工挣的钱除了自己用，都攒着给妹妹将来上大学。说话时，他语气平淡从容，仿佛在讲别人的故事，我在一旁却听得＿＿＿＿＿＿＿＿＿。

④ 他说："弟弟，你在上高中吧？"他把我称作弟弟让我很意外。我点点头："高三。""那过几个月就要高考了，弟弟你这是？"我的脸热热的，嗫嚅地说："我……出来……玩几天……"我不敢告诉他，自从迷上网络、泡吧、K歌，学业早已一塌糊涂，就在今天下午，还与父母大吵一架，然后偷了家里的一千块钱愤然离家……

⑤见我不再说话，他也没有再追问。为了掩饰内心的不安，我推说要去洗手间。可很快我就后悔了，过道里人山人海，每走一步都难如登天。我被夹在了半路当中，进退两难。突然，一只有力的大手轻轻拍了拍我的肩膀："弟弟，你跟我来！"他在前面开路，我才注意到，他走路时一瘸一拐的，似乎腿上有伤，脸上还渗出了豆大的汗珠。

　　⑥上完厕所，他又带着我一路披荆斩棘回到座位上。刚一坐下，他就取出一条毛巾不停地擦汗。我不说话，只是一个劲盯着他的腿，左大腿部位明显是有夹板之类的东西，他也发现我在注视着他，于是轻描淡写地说："干活的时候砸着了。""你应该躺在医院里。"他笑了笑说："没事，家里只有个妹妹，所以过年得回去，我要活得像个男子汉，给妹妹树个榜样！"

　　⑦我忍不住流泪了。他拍拍我的肩，叫我别哭，说要像个男子汉。

　　⑧倦意袭来，我趴在小桌上睡着了，醒来后，天已大亮，对面的座位，不知什么时候已经换了人。这时，我发现手臂下面压着一张纸，只见上面用工整的小楷写着两行字：弟弟，回家吧，像男子汉一样活着！我不觉向窗外望去，<u>太阳已悄无声息地升起，为大地披上了金色的外衣</u>。

　　⑨我小心翼翼地把纸条收了起来，放在贴身的衣袋里，当即决定买返程票回家。推开家门，看到焦急疲惫的父母，我终于忍不住泪流满面……

　　⑩现在，我已经研究生毕业，有了一份人人羡慕的工作，但_____。

（文/石 兵）

1．第③段空格处应填的词语是那一项？（ ）

A．心惊肉跳   B．触目惊心   C．心潮起伏   D．惊心动魄

2．请概括本文的主要内容。

起因：_____。

经过：_____。

结果：_____。

3．文中多次出现"要活得像个男子汉"，其作用是（1）照应文题；（2）_____。

4．第⑧段画线句是环境描写，其作用是：_____。

5．在第⑩段画线处补上一个结尾。

参考答案：

1．C

2．起因：和父母吵架而离家出走，在火车上遇到了热心的大哥。经过：大哥帮助"我"明确自己的问题所在。结果：懂得自己肩负的责任，最终回到家中。

3．(2) 点明"做人要有担当"的中心。

4．(1) 表明天气晴朗；(2) 渲染"我"的心情变得开朗了；(3) 暗示"我"得到了车上大哥的关心，思想得到了转变；(4) 推动故事情节的发展（写出任意两点即可）。

5．略（符合情理，照应开头。原文：我一直珍藏着那张已经泛黄的纸条，每次看到它，我面前总浮现出一张坚毅的脸庞，心头泛起一阵阵温暖……）

32